U0092349

臺灣科幻小說
的文化考察 1968-2001

傅吉毅・著

【圖 1】黃海，1972 年出版。

【圖 2】張系國選譯之國外優
秀小說集，對於當時國人瞭
解國外科幻有相當幫助。
1978 年出版。

【圖 3】本書為呂應鐘所撰，
為臺灣第一本探討科幻的理
論專著。1980 年出版。

【圖 4】該書係沈西城以隨筆
方式對當時風靡全台的倪匡
科幻小說作介紹，可說是倪
匡科幻的導讀入門書籍。
1983 年出版。

【圖 5】1981 年「星際出版社」以「世界科幻名著」為總題,出版一系列西方科幻著作。此為艾西摩夫(Isaac Asimov 1920-1992)所著。

【圖 6】1980 年「國家出版社」由王凱竹編譯,出版一系列「國家科幻叢書」,成為 80 年代初期臺灣讀者接觸國外科幻的重要窗口之一。

【圖 7】「城」三部曲(五玉碟、龍城飛將、一羽毛),是張系國為實驗「中國風味的科幻小說」之長篇科幻小說。1983 年出版。

【圖 8】黃凡參加 1981 年聯合報文學獎獲獎作品《零》,是為臺灣第一篇獲得文學獎項的科幻小說。1982 年出版。

【圖9】張系國主編的《當代臺灣科幻小說選Ⅰ、Ⅱ》收集了80年代以前作品,可見早期臺灣科幻小說創作概況。1985年出版。

【圖10】《幻象》雜誌的創辦可說是90年代初期臺灣科幻發展史上的重要事件。

【圖11】本選集由張之傑、黃海、呂應鐘主編。收有倪匡、張曉風、張系國等十三人共二十篇科幻創作。1980年出版。

【圖12】黃凡、林燿德主編。收錄了崛起於90年代初期的新世代作家平路、林燿德等八人計八篇科幻小說。1989年出版。

【圖 13】張系國,1991 年出版。

【圖 14】黃凡,1985 年出版。

【圖 15】張之傑在早期臺灣科幻的推動上可謂相當盡心盡力,從編選中國當代科幻選集、出版國外科幻名著、主編《科幻文學》雜誌,到呼籲要建立「民族風格的科幻小說」等,在在顯示出其對於科幻的熱情。本書為其短篇科幻小說集。1992 年出版。

【圖 16】90 年代中期,張系國為實驗「互動科幻小說」的結集。1999 年出版。

【圖 17】洪凌，1995 年出版。

【圖 18】紀大偉，1996 年出版。

【圖 19】蘇逸平「星座傳奇系列」科幻小說。2000 年出版。

【圖 20】以介紹當代西方文學思潮為主的《中外文學》於 1994 年 5 月製作了「科幻專號」，內收有許多國外和本土科幻論述，對於加深科幻學術化有莫大的貢獻。

【圖 21】葉李華於「天下文化」首度推出的西方翻譯科幻作品《正子人》。2000 年出版。

【圖 22】張草獲得第三屆皇冠大眾小說獎之作品。1999 年出版。

目次

前言 1

第一章　尋找失落的文學紀元　──歷史論 7

　第一節　「潘渡娜」的誕生──發展期 （1968～1979）............. 9

　　一、正名論──是科學小說或科幻小說？ 9

　　二、《一〇一〇一年》──黃海的科幻嘗試 16

　第二節　「星雲」的進行曲──黃金期 （1980～1993）....28

　　一、大眾路線──倪匡科幻風潮 29

　　二、小眾科幻「熱」──本土科幻運動 34

　第三節　「繽紛」的科幻──轉變期 （1994～1998）......... 43

　　一、張系國的「金字塔科幻階層」 44

　　二、科幻「新勢力」──洪凌、紀大偉的「異色科幻」..49

　第四節　科幻「交通」的建構──再興期（1999～） 54

　　一、葉李華風雲 55

　　二、熱鬧的科幻市場 60

第二章　宏觀視野下的變異軌跡 ──方向論 69

　第一節　從「西化」到「中化」 70

　　一、如何宣傳？ 70

　　二、如何再造？ 78

第二節　由「通俗」而「雅正」 82

　　一、科幻≠消遣娛樂 82

　　二、「文以載道」的藝術觀 86

第三節　自「國族」至「性別」 89

　　一、前行代 90

　　二、中生代 95

　　三、新生代 97

第三章　複製與再生──機制論 103

第一節　不再「幻相」的《幻象》 105

　　一、科幻與《明日世界》 105

　　二、科幻與《幻象》 109

第二節　菁英科幻的科幻獎 118

　　一、科幻獎回顧 118

　　二、科幻獎意義的再思考 120

第三節　出版社 127

　　一、科幻翻譯小說 128

　　二、中文科幻創作小說 133

結語 137

附錄一　臺灣科幻相關論述 141

附錄二　臺灣科幻文學年表 151

附錄三　《幻象》雜誌（季刊）八期目次整理 159

附錄四　《明日世界》雜誌中的科幻作品 173

附錄五　張系國訪談記錄整理（2001/9/29）............................ 179

附錄六　黃海訪談記錄整理（2002/1/20）.............................. 203

附錄七　歷年臺灣科幻課程一覽表 211

後記 213

前言

一

　　1999 年秋，中央大學中文系康來新教授籌辦了一系列有關科幻的活動與課程。該次科幻系列分為「科幻影展」活動及「科幻文學」課程兩大部份。「科幻影展」主要由中央大學中文系、英文系、法文系共同舉辦，於 1999 年 10 月起至 2000 年 1 月，共舉辦了八場科幻電影欣賞活動，並由英法兩系老師：李振亞（英）、林文淇（英）、劉光能（法）及科幻作家張系國分別擔任各次會後的講評與討論人。而「科幻文學」課程則是於 2000 年 3 月至 6

月由中文系康來新及張系國兩位教授以協同教學的方式進行授課，其中亦分別邀請諸位相關領域之老師及科幻作家參與。之後，此課程並與《自由時報副刊》於 7 月聯合推出「科幻小說特輯」，該特輯除了刊登課堂上同學優秀的科幻小說創作外，另

中央大學「科幻影展」活動。參與老師右起：劉光能、張系國、康來新、林文淇

包括了張系國、黃海、葉李華、駱以軍、蘇逸平等人的文論及科幻小說創作。此次科幻活動和課程的舉辦，可說是臺灣的學院中（尤其是「中國文學系」如此傳統之系所），首次對科幻小說此一文類如此地重視，於臺灣科幻發展史實深具意義。

其實早在中央大學中文系開設「科幻文學」課程之前，臺灣的學院早對科幻這一獨特的文類有所注意，如交通大學蔣淑貞教授曾於 1997 年 9 月於交通大學開設「科幻小說與電影」通識課程。之後，以科幻推廣為職志的科幻作家兼物理學家的葉李華博士亦於 1999 年 9 月分別在「世新大學」及「臺灣藝術學院」「通識教育中心」（自然科學類）與「共同科」開設「科幻天地」。進入二十一世紀後，各大專院校陸陸續續也有類似的科幻課程開設，可見科幻作為文學、文化的一部份，其潛力漸漸受到學院的重視。另外，在民間的講座或讀書會裡亦有相關議題的呈現，如由天下文化所屬的「人文空間」於 2001 年 6 至 8 月舉辦一系列的「人間科幻系列天下講座」，及「洪建全基金會」於 2001 年 9 月起，推出以「奇幻、科幻與魔幻──文學的異想世界」為題的系列課程，和「誠品講堂」於 2001 年 11 月由實踐大學李清志講授「科幻電影」裡的建築美學……等等，從這些在學院和民間的發展來看，世紀初的臺灣，一股科幻風潮正逐步興起。

二

現在我們一般常言的「科幻」（Science Fiction，SF），其實已經包含了許多的表現形式，像小說、電影、漫畫、插畫……等等，凡是牽涉到科學幻想的任何題材，皆可用「科幻」一詞來籠

統概括它。然而最早的 SF 是以小說的形式來表現,後來出現的各類形式基本上是根據科幻小說所延伸出來的,換言之,所謂的科幻作品即是以科幻小說為中心點向外擴充其範圍,包含了各式各樣的表現形式,呈現出豐富的多樣性。

若說現代科學技術的想像構成了科幻小說的必備條件,那麼科幻小說的興起可說是近代西方工業革命的產物,因此嚴格地來說科幻小說只有二、三百年的歷史而已。然而,其發展的過程卻是相當地快速與普遍,不僅歐美各地已有眾多的科幻人口,甚至其他地區亦有不少的讀者群和愛好者,這種跨時空的文類何以有如此魅力可以吸引如此眾多的讀者呢?其中除了對未來科學和世界的新奇感之外,更大的因素或許正如科幻作家張系國所指出的是來自於閱讀科幻作品時所呈現的「陌生的美」:

> 把世界除掉標籤,原本熟悉的世界就變得陌生而新鮮。科幻小說所追求的美麗新世界是個美麗的陌生世界,因為陌生所以有獨特的美感,這是科幻小說勝過一般小說的地方。(張系國,2001:174)

將生活周遭所熟悉的事物加以「陌生化」,使之脫離固定的律則,跳出既定的思維,或是將現實予以變形、扭曲、幻化成另一模樣,使讀者置身於既熟悉又陌生的處境,而讀者便在此「陌生化」的閱讀過程中,獲得與現實若即若離的閱讀快感。這些陌生之美,有時使人暫時脫離現實的苦惱,遨遊於想像世界中;有時則使人從想像虛構中獲得某些人生省思,尤其在這高科技的時代裡,人如何面對和立身於這樣快速變化的社會,經常是科幻作家處理的

3

重要議題；另有時則使人從諸多科學幻想中獲得某種啟發等等。因此每位喜愛科幻的讀者和科幻創作者，從科幻這樣獨特的文類中，找到他們閱讀和創作的樂趣與動力。

　　然而，科幻小說在臺灣一直以來被社會大眾視為僅是一種通俗消遣性的讀物。外星人、飛碟、機器人、死光槍……這些炫奇迷離的事物構成了他們對於科幻小說的刻板印象，似乎一切稀奇古怪的神秘事件皆可以與科幻連接上關係。尤其一般人大多會將臺灣的科幻小說與倪匡科幻小說聯想在一起，造成「倪匡＝臺灣科幻小說」的錯覺。當然不可否認地，倪匡科幻小說的確對臺灣甚至整個華文世界的科幻文學具有相當的影響，其「衛斯理系列」的冒險偵探式風格在多少華文讀者心目中留下深刻的印象，讀者跟著主角衛斯理一次一次地揭開神秘不可知的事件，滿足了讀者獵奇的心理，也正因如此，讀者對於科幻的認識被侷限在那些古怪神秘事件的範圍裡，孰不知科幻另有其他天地。而另一方面，科幻小說本身所特有的科學屬性似乎也成為它的原罪，多少人以一種直覺式的想像判定科幻小說是一種「非文學」的代表，而不願給予親近認識的機會。所以多少年來臺灣的科幻小說作家在如此「誤解」與「陰影」下辛苦地創作，希冀能讓社會大眾改變對於科幻小說的看法。從 1968 年張曉風的〈潘渡娜〉起，便可以看出臺灣科幻作家在這方面的努力。然而不可諱言的，劣質、庸俗的科幻小說創作是存在的，可是優秀的科幻小說卻也仍不少，論者不能總用「以偏概全」的態度來審視，而且，做為一項人類的文化表徵，其中必然有其存在的道理與意義。

　　從臺灣文學的歷史發展脈絡來看，寫實主義長久以來是臺灣文學上的主流思潮。因此，深富幻想性的科幻小說便不易被主流

閱讀圈接受。再者，科幻小說獨具的「科學」命題，也多多少少阻卻了作家們以這方面為題材的嘗試意願。不過，雖然科幻小說在臺灣的發展有諸多不利條件，可是仍有相當不少喜愛科幻的人在默默地努力耕耘，創作出許多優秀的作品，而且也在他們的奔走鼓吹之下，臺灣科幻版圖的輪廓漸趨浮現，儼然形成主流文壇之外的一股新勢力。近年來，在強調去中心與多元化的重新建構裡，科幻的創作與研究漸漸浮出檯面。因此，藉此回顧臺灣科幻小說於二十世紀後期三十多來的發展歷程，除了有總結科幻小說在臺灣階段性演變意義外，對於開發長久隱身於主流文學史之外的另一聲音，應別具意義。

第一章　尋找失落的文學紀元
──歷史論

　　在本土意識高漲的年代裡，文學史的建構成為一門大學問，其中涉及到統與獨、主流與邊緣……等等相當複雜的問題，也因此現存的各類臺灣文學史書籍無可避免地都要受到或多或少的挑戰。若以科幻文學而言，雖然不少人大聲疾呼要重視這「時代的文學」（呂應鐘語），試圖去提昇它的價值，然而長期在文人的主流價值觀以及大眾心目中普遍存在的通俗娛樂先見之下，迫使科幻文學相對地在臺灣文學史裡的聲音始終是相當薄弱。

　　然而，若想問臺灣第一本／篇的科幻小說是從何時開始，勢必是相當困難的，溯源的工作其實潛藏著許多曖昧不明的地方。根據行政院文化建設委員會編印的《光復後臺灣地區文壇大事紀要》一書記載，1946 年 11 月葉步月（葉炳輝）曾由臺灣藝術社出版一本日文的科幻小說《長生不老》，這是目前所知臺灣最早的科幻小說記錄，然而同時期是不是有其他未知的科幻小說存在的可能性呢？筆者認為是有的，因為綜觀當時整個世界的時代氛圍，其實還是籠罩在科學理性的脈絡底下，做為科學近親的科幻小說可能存在嗎？是值得去考察的。不過，回首整個臺灣科幻小說的發展，其實可以發現 1940 到 50 年代的政經情況對各個社會文化層面都造成了相當大的影響，以目前科幻小說發展的脈絡來看，與其說去承繼日治時代的科幻傳統（假如有的話），倒不如

說臺灣科幻小說的發展主要是戰後從歐美移植過來並承受其影響來的恰當。目前一般所認為戰後第一篇的科幻小說是張曉風於 1968 年所發表的〈潘渡娜〉一文，其後黃海、張系國、呂應鐘、後人、章杰……陸續踏入臺灣科幻的寫作或推動上，慢慢地形成一股科幻勢力。

　　筆者根據目前所蒐集到的資料，為臺灣科幻小說的發展歷程劃分為四期。每個階段分別選取兩個最具代表性之事件，以突顯該階段之特色。其中劃分的時間點分別為（一）1968 年。張曉風〈潘渡娜〉一文的發表代表戰後臺灣科幻小說正式揭開序幕。此階段臺灣科幻小說歷經了名稱、定義等辯證過程。另作家黃海在科幻小說領域的創作嘗試，豐富了這階段的臺灣科幻小說創作；（二）1980 年。張系國第一部科幻小說集《星雲組曲》的結集出版，以及遠景出版社將倪匡科幻小說引進臺灣，這兩者分別代表的意涵，誠如大陸學者陳思和於〈創意與可讀性──試論臺灣當代科幻與通俗文類的關係〉一文中所言：「預示了科幻小說『質』的提昇」以及「科幻的通俗性取得了社會的認同」（陳思和，1992：275），而這也因此奠定了往後臺灣科幻基本的發展方向；（三）1994 年。張系國於《聯合報・繽紛版》推出「互動科幻小說」試圖拉近作家與讀者之間的鴻溝，以及新生代作家作品的出版，兩者皆顯示出臺灣科幻漸呈現多元化發展的趨勢；（四）1999 年。葉李華於大專院校開設科幻課程並積極推動相關科幻活動，將沉寂一段時間的科幻發展推向另一高峰。以及，受到世紀末世界「奇幻風潮」的影響，同屬幻想領域的科幻小說也間接受到出版社及一般讀者的再重視。因此根據各階段的發展特色，將之劃分為發展期（1968～1979）、黃金期（1980～1993）、轉變期（1994～1998），以及再興期（1999～）四個階段。以下將分別論述之。

第一節　「潘渡娜」的誕生——發展期 （1968～1979）

　　戰後臺灣科幻小說的創作，由張曉風創作於 1968 年的〈潘渡娜〉開其緒端，在這一階段裡，臺灣本土科幻小說創作還處於向歐美學習及摸索的階段，其中對於科幻小說的定義、價值、功能、性質有諸多的討論。而於 60 年代末開始從事科幻小說實驗的作家黃海，則以其大量的科幻小說創作，成為探討此時期臺灣科幻小說特色時必不可忽視的作家。之後，隨著越來越多喜愛科幻的人士相繼投入科幻小說的創作和推廣上，終於使得科幻小說此一新興文類在臺灣漸為人熟知。

一、正名論——是科學小說或科幻小說？

　　「Science Fiction」目前在臺灣、中國甚至整個華文世界裡通用的翻譯名稱是「科幻小說」，然而最早將「Science Fiction」概念引進中國的晚清作家們，卻是以「科學小說」一詞作為其屬性定位的名稱。因晚清政局的疲弱混亂，所以知識份子為了救亡圖存，其中部分人士大力疾呼向西方取經，遂引進「德先生」（Democracy）與「賽先生」（Science）等西方觀念，甚且還高舉小說為「文學之最上乘」的大纛（梁啟超〈論小說與群治之關係〉）來提升小說的地位，而科幻小說便因其科學的因素被中國

改革人士所青睞並進而大力提倡，因此當時以「科學小說」稱名，除了語詞直譯之外，其背後所蘊藏的實用目的仍不可忽視。如魯迅在翻譯《月界旅行》時的〈辨言〉裡所稱：

> 苟欲彌今日譯界之缺點，導中國人群以進行，必自科學小說始。……使讀者觸目會心，不勞思索，則必能於不知不覺間，獲一般之智識，破遺傳之迷信，改良思想，補助文明，勢力之偉，有如此者！（陳平原，1997：68）

為了振興疲困的中國，魯迅等晚清知識份子從科學小說的引介中，看到了科學小說的實用功能：「獲一般之智識，破遺傳之迷信，改良思想，補助文明」，科學小說成為傳播科學知識的最佳利器，故在如此工具性前提之下，由此不難理解當時的晚清知識份子對「科學小說」所賦予的深沉意涵。

科幻小說在臺灣早期提出時，的確也曾為其正名有過一些小小的爭論。「科幻小說」一詞最早提出的是張系國，他曾如此說道：

> 我第一次用科學幻想小說是寫〈奔月之後〉……，那時我覺得這名詞是最貼切的翻譯。「science fiction」直接翻譯過來就成了「科學幻想小說」。中國人喜歡將名詞縮短，所以變成了「科幻小說」（呂學海，1984）

當提出這個觀念時，對於以往習於使用「科學小說」的喜愛者的確是一個怪異的感覺，如黃海便曾自言當他見到此新名詞後，「還

覺得怪彆扭的，等於是新發明的中文簡寫體。」（黃海　1979：27）
或如呂應鐘當時便曾於報刊發表其對於「科幻小說」一詞的看法：

> 目前多數人將科學小說稱為「科學幻想小說」或簡稱「科
> 幻小說」，雖不能說錯，但總顯得不太正確。歐美人士稱
> 小說為「fiction」，這個字本就含有虛構、創作、編造的故
> 事等意思，而「science fiction」的恰當中譯當然是「科學
> 小說」，用不著加上「幻想」二字，此為筆者想替科學小
> 說正名的題外之言。（呂應鐘，1976）

或者如黃海指出的：

> 去年（1978 年）……劉厚醇先生在《中央日報》副刊發表
> 的一篇「多產作家」文中指出，「Science fiction」應該翻
> 譯為「科學傳奇小說」不應該是「科幻小說」，他的理由
> 是「幻想小說」（fantasy）另成一格，與科學傳奇是兩路
> 子貨。（黃海，1979：27）

而張系國多年後在一次對談中則對其早年提出科幻一詞作了說明：

> 如果把「science fiction」逐字翻譯，就成為「科學小說」，
> 因為小說本身就有幻想性。可是科幻小說特別強調作者的
> 幻想，所以譯作「科幻」十分合宜。（呂學海，1984）

其實，之所以會有以上對於翻譯名稱的爭議，大多是針對「Science Fiction」的內涵所做的一些定義性和功能性的指引。雖然有不同的看法，然而，後來的歷史發展證明了「Science Fiction」到最後還是以「科幻」一詞最為大眾所接受。探究其原因，除了與張系國等人的大力提倡外，若將此現象解釋為一種「科幻勢力的收納效應」，換言之，即以「科幻」一詞慢慢地擴大、收納相關的作品，或許便可以解釋臺灣科幻次文類的主體架構的漸漸成形，並建立起屬於自己的勢力範圍以與其他文類相對抗或融合的歷史脈絡。因為若以「科學小說」言之，總是會讓人對於其硬性的「科學」一詞產生第一印象的排斥，甚至加深了它的侷限性，但若以「科幻」稱之，至少可以消解一些剛硬的屬性，使人易於接受，並可以此收納更多相關性的作品。而這種現象可以在《明日世界》這份刊物中找到相關的佐證。

以探討未來學為主的《明日世界》雜誌創刊於 1975 年 1 月，結束於 1988 年 7 月，以月刊的形式共出版了 163 期。雖然《明日世界》並非一份專為科幻創辦的刊物，然而在這十四年裡，也刊出不少的科幻作品，而且這段時間也橫跨了臺灣科幻從「發展期」到「黃金期」兩個階段，因此以之為檢驗樣本，即從早期以「科學小說」作為「Science Fiction」的代稱，漸漸地過渡到「科學小說」和「科幻小說」兩者混用，到最後完全以「科幻」一詞代用，這其中的發展過程實值玩味。

《明日世界》中首先出現科幻的作品是在 1976 年 2 月號第 14 期，是由萇弘所譯的〈科學小說——明日的文藝思潮〉，這是一篇取自美國新聞週刊的報導。然而，有趣的是在 1976 年 8 月裡，編者為其刊物所做的第 13-18 期「索引目錄」裡卻將之歸納於「科

技」一類，或許編者見其「科學」便直覺性地認為應屬「科技」類，而在第 20 期的第二篇科幻作品，王長洪（筆名為「莨弘」）所著的〈1999 年太空歷險記〉，卻依然在第 19-24 期的「索引目錄」中被歸類到「科技」類。之後的分類，除了「科技」類外，甚至還有歸類到「未來學」的，由此可見早期編者對其屬性的不確定性。

　　然而，這不確定性也正說明了當時對於「科幻」一詞的接受度。誠如第一篇科幻作品是將之翻譯為「科學小說」，但是弔詭的是，第二篇〈1999 年太空歷險記〉裡，卻是以「科學幻想故事」來說明，而第三篇在第 21 期王長洪譯的〈被遺忘了的敵人〉裡的〈編者按〉卻是以「科幻小說」稱之，這其中可以看出編者與譯者之間，甚至譯者自己本身對於「Science Fiction」譯法的矛盾，其實之所以會有這種矛盾的產生，或許便是當時到底該不該接受「科幻」這個新名詞所引起的一種過渡期，無怪乎當時呂應鐘想為「Science Fiction」「正名」了。此情形直到第 44 期（1978 年 8 月）才在目錄上歸類為「科幻小說」，之後對於科幻作品也都以「科幻」稱之，於此逐漸形成共識，甚至也在「索引目錄」上分列一項「科幻」的類別。

　　其實檢視了這段由「科學小說」到「科幻」普遍接受的過程裡，正如前所述的是一種「科幻勢力的收納效應」。「Science Fiction」最早是用來說明小說的一種類別，然而由於「Science Fiction」的豐富想像力擴及其他文類，甚至其他不同於小說的表現形式（如電影、電視劇等），像《明日世界》便曾多期介紹科幻畫作，而其他如電影、漫畫……皆可能與科幻有關，因此這些若還是以「科學小說」或「科學」來統攝，無疑地是不完善的，況且既然「Science Fiction」已不再像晚清知識份子為其賦予傳達

科學知識這樣高度的實用目的，因此，接受科幻一詞，便可將這個問題輕易地解決，即凡是有關的作品皆套上科幻，便可使人一目了然，瞭解其性質，不必再多加說明，所以與其使用具有侷限性的「科學小說」，不如使用有開放性的「科幻」用語，因此科幻觀念的普遍接受實與此有關。

然而，或許有人會質疑說，將科幻的範圍無限制的擴大，其實只不過是一種無能的混同收編罷了。其實，會有這種疑慮是不難理解的，因為這便涉及到對於科幻定義的界定了。所謂正統科幻迷的死忠擁護者常以嚴格的科幻定義來界定「何謂科幻小說」，其認為科幻小說裡的科學因素必須符合現有的科學知識，然後以邏輯性的外推法進行合理的想像。因此，對他們而言，科幻小說裡的科學必須是「真科學」，如今坊間流行的「星座」、「史前文明」、「前世今生」……這些都不能算是科學的範疇，而是「偽科學」罷了，「真正的」科幻小說是不能包含「偽科學」的。所以常會聽到一些「某某不是科幻」、「某某只是披著科幻外皮的偽科幻」……種種的說詞，然而這種「去蕪存菁」的作法就好像是從一個原先豐滿的袋子裡挑選出不合己意的東西，而剩下來的便是公認最經典的東西，然後便陷入不可自拔的懷舊情緒當中，於是這種排除異己的心態，使得原本強調新奇變化、有著無數可能的科幻，在一次次地篩選中成為最為保守的作品。當然，科幻之所以會與其他作品不同之處，其最基本的地方便是在於科學幻想，這是不可否認的，只要堅持此界線，筆者認為與其選擇去蕪存菁的挑選法，倒不如以寬容的態度來面對此變化。因為當侷限在必須遵守「真科學」所延伸的想像下時，那麼諸如時光機器、海底世界……等等奇妙因素便無法存在，而那會喪失掉許多優秀

的作品。例如布萊伯雷（Bay Bradbury）的《火星紀事》（The Martian Chronicles）便是以幻想為重，在科學上的根據卻是少有，然而其作品並不因此而減低了它的價值，甚至還成為文學上的經典之作。所以作家張系國曾言，在科幻金字塔裡，有人喜歡上層精緻的科幻，有人喜歡下層通俗的科幻，其實這兩者是不相衝突的，因為他們合起來便是一個完整的科幻版圖。

　　不過，就單以文學的類別來看，還是有人會堅持說科學小說其實並不屬於科幻小說的範圍，其所堅持的理由大多認為科學小說比科幻小說來的確實可能，如楊子於〈科學小說〉一文中便指出：「因為科幻違離了實證」、「科學小說的素材就是科學，通過小說的形態、結構與技巧，去表現、描述科學的活動及科學家的文化」（楊子，1999），因此，就價值目的而言，科學小說遠比科幻小說來的有意義多了。其實檢視如此的看法，不難發現背後所隱藏的價值判斷就是「有／無用」的觀念。一般說來，大多數的人都認為小說其實是消遣娛樂的，真正會將小說認真對待的人，總體來說畢竟是少數，而在這「有／無用」的價值觀底下，濃厚的通俗風格又將科幻小說推向更惡名昭彰的處境，也因此便可理解何以有人想極力地想與科幻小說劃清界線，證明自己的正當性（有用），而且，這種憂慮其實是普遍存在於臺灣科幻小說作家心中。然而，對此二者是不是需要再給予區別呢？筆者比較認同另一位科幻作家黃海以下的說法：

　　　　雖然嚴格說起來，在意味上，科學小說與一般的科幻作品，有所不同，似乎較偏重於科學理論或技術的發揮，但是科學既然以小說的形態出現，必然有它的趣味性與幻想性，

與其稱呼為「科學小說」不如名之為「科幻小說」。（黃
海，1979：27）

因此，由以上的討論可以發現科幻的範圍正在不斷地擴大，不論是
表現形式或者是科幻本身的定義皆隨著科幻的演進有所變化，而這
種現象也正代表了臺灣科幻領域的形成過程。

二、《一○一○一年》——黃海的科幻嘗試

在此時期裡，由於科幻小說剛在臺灣發展，不論創作、出版
或評論都較少人從事，因而在臺灣科幻小說發展期裡，創作相當
勤奮的作家黃海，便顯得格外重要。

不過，在黃海從事科幻創作之前，張曉風、張系國二人便為
科學與文學的結合，作了初步嘗試。1968 年以散文創作見長的女
作家張曉風（1941-）以〈潘渡娜〉的故事開啟了戰後臺灣科幻小
說書寫的前聲，其內容主要是描寫一位科學家（劉克用）意欲效
法上帝造人，所以透過科學技術創造出一位具有完美性格的女複
製人，然而這位科學家卻因為太過相信科學的無所不能，所以輕
忽了人之所以為人，便是在於人性中最為寶貴的「情感」（愛）
因素，因此當複製人實驗成功時，科學家一度喪失了人存在的意
義，對於自己能輕易地取代上帝而造人感到惶恐不安，直到後來
複製人實驗終究失敗，科學家心靈才得以得救。對於當初為何會
寫出這篇小說，張曉風在多年後的一次座談會中，曾如此說道：

> 寫作的動機緣於某次我們的家庭研討會上，一位學生化方
> 面的朋友在聚會中報告生化造人的可能性，我則根據當時
> 聽到的資訊加以想像，決定寫生化的人造人而不是機器
> 人，是因為感覺上生化比較接近一個「人」。……生化方
> 式造人是大量的工業生產，工業生產是不顧後果的，人類
> 歷史上有奴隸的社會已經很不人道，假如再造一些「人」
> 出來聽我們使喚……（搖頭）（焦慧蘭，1993）

因此，張曉風在得知科學家意圖以生化的方式製造人類時，她便
用其文學想像之筆，幻化成一篇具哲理意涵的科幻小說，雖然，
其中涉及了作家本身的宗教觀，但也明白表達出對這種「不顧後
果」的科學實驗的憂慮。

　　同年，旅美學人張系國（1944-）也發表了他的第一篇科幻小
說〈超人列傳〉，故事主要描述在西元 2203 年一位物理學家裴人
傑為了從事科學研究，以追求科學真理，並在「能度量方是合理，
合理性才能存在」的信念支持下，選擇改造自己的身體為機器人，
而這類絕頂聰明、各有專精的人類機器人被稱為「超人」。之後
主角裴人傑因故被派往到各星球巡視超人們居住星球，而主角在
這次的巡視過程中，看到那些已成為「超人」的人類，其實也並
非真正的快樂。故事最後，超人代表們開會決議將以「人工腦」
取代人類成為新新人類，因此裴人傑為了拯救人類，遂帶走一對
孩童至另一星球，以延續人類的生命。其中，作者意欲表達的是
人類往往為求科學的「真」，反而忽略了更多科學真理所不能涵
蓋的層面，而這種偏頗的態度最後更可能將導致世界的不平衡及
引發各種潛在的危機。

　　正如批評家顏元叔於〈人類工程學──兼談「超人列傳」與「潘度娜」〉一文中指出這兩篇小說同樣地「是基於這個理智與情感二分的局面，企圖指出它帶給人類愈來愈深的痛苦，愈來愈迫切的危機。」（顏元叔，1969：43）兩位小說家以想像之筆揭示了科學與人性的辯證。然而這兩位作家雖看到了未來科技對於人類文化的影響，並以小說的形式呈現出來，但是當時他們並未繼續深入相關科幻題材的創作。相反地，另一位作家黃海，在本身即相當喜愛科學和文學創作的因素下，成為臺灣早期對科幻小說創作著力最深的作家。

　　曾自言受到張曉風〈潘渡娜〉影響的黃海，1968 年末也開始針對科學與小說的結合做出一連串的寫作嘗試。當時，科幻小說仍屬於新興的文類，黃海可說是相當積極地在從事這個文類創作實驗，因此在臺灣科幻小說史上，黃海的確可以說是一個開創性的人物。也由於他的嘗試，誠如林燿德所言，黃海的科幻小說「提供了諸如星際冒險這一類一般人印象中的科幻規模」（林燿德，1993a：42）。黃海的「星際冒險」風格的確開拓了臺灣科幻小說的一種類型，而之後也以此風格在兒童科幻小說領域裡得到肯定。

　　黃海（本名黃炳煌），1943 年出生於台中大甲，雖然貧苦的生活再加上健康因素的雙重壓力，但是黃海仍努力堅持文藝創作的興趣。從 1963 年起便開始在各報發表短篇文藝小說，而在 1968 年則轉向另一個當時臺灣文壇尚屬新領域的科幻小說，發表了第一篇科幻小說〈航向無涯的旅程〉，其後陸陸續續在各報章媒體發表一系列有關宇宙旅行的科幻小說。該系列故事最後在 1969 年 12 月結集成《一〇一〇年》。其故事主要是敘述在二十世紀末，六位不同國籍的太空人在奉命去尋找太陽系外是否有其他文

明的旅途中，與其他星球生物所產生的各種交際互動，如當人類造訪低於地球文明的星球時，可能會被當做神明看待；訪問高於地球文明的星球時，則相反地人類可能會覺得遇見了神。而透過如此地想像，其實也寄寓了黃海對於現實世界的看法，諸如戰爭、當時流行的存在主義思潮、生命的意義、科技未來的發展……等等。

至於為何當時會從事科幻小說創作，黃海曾如此說道：

> 從小我對自然界的奧秘就很好奇，對於有關科學知識的涉獵未曾稍懈，再加上我曾兼做過兩本翻譯的兒童書（科幻小說）的校對，電影「二〇〇一太空漫遊」給予我的啟示，張曉風女士在中國時報科幻文藝小說「潘渡娜」……種種因素集合起來，促使我胸中積壓的一段朝向未來與未知開拓寫作的熱忱，澎湃洶湧起來。（黃海，1981）

因此，在諸多原因之下，黃海以「太空歷險」作為其科學與小說結合的嘗試題材，《一〇一〇一年》可說是其首次嘗試的成果。

之後黃海繼續深耕此文類，又分別於 1972 年、1979 年出版了《新世紀之旅》及《銀河迷航記》。前者是由《一〇一〇一年》中的〈從死亡線歸來〉短篇小說所展開的長篇小說，其內容描寫一位留美的中國學生魏凌非，因為心臟病突發而瀕臨死亡，但卻在科學家的冰凍技術下得以暫時存活下來，並等待日後成熟的醫療技術讓他復活。因此，已等同「死亡」的人可以在未來的世紀重新復活，而於未來復活並痊癒的主角也在作者的刻意

安排下到處遊覽未來文明的種種，從中揭露了人類在高度科技文明下的墮落與危機。後者則是包含了不同題材的短篇科幻小說合集，同名小說〈銀河迷航記〉則是近於《一〇一〇一年》的故事模式，同樣透過與外星文明接觸的方式，突顯了人類本性上的醜惡面。

對於當時尚未有人積極創作的科幻小說，黃海認為自己所做的嘗試只不過是「純以文藝創作者的立場，把文藝的筆觸向外伸展，開拓寫作的新領域」，並且只是「借用了科學的題材，加以幻想性的發揮」（黃海，1970：197）而已。然而，這樣的嘗試也使得他能在當時開拓出一條與他人不同的創作路線。不過，也由於選擇了與眾不同的題材，使得黃海一度對自己的科幻創作被稱為「科學幻想小說」而顯得侷促不安，其在〈科幻小說的寫作〉一文中便如此分析當時的創作心情：

> 在五十八年十二月，出版了「一〇一〇一年」這本書，當時我還沒有冠上「科學小說」這一類的名稱，老實說，我很害怕遭遇到批評，說它不是文學作品，甚至對於「科學幻想小說」這個名稱，也不屑提它，總以為它太過庸俗化，只是寫給小孩子看，哄哄小孩似的，要稱「科學小說」又怕擔當不起「科學」的「重量」，就這樣，這本書的後半還加入了我的一部份短篇文藝小說，希望能夠加強一點文藝氣息。（黃海，1979：27）

正因為這種「庸俗化」及「科學化」的不安，使得黃海的科幻小說創作甚或是往後其他科幻創作者始終籠罩在嚴肅文學與通俗文學之間的憂慮中。

其實從整個臺灣科幻小說發展歷程來看，臺灣科幻小說可說是迥異於西方科幻小說早期發展時的通俗性（尤其對照於美式科幻），因為臺灣科幻小說在初期發展時便賦予其深沉的人文意識。

十九世紀科學的興起一方面加速了人們生活形態的改變，也促使科技文明的到來，可是一方面人們卻也不自覺地在膨脹自我，科學成為光明未來的保證。然而在第二次世界大戰後，人們才警覺到科學雖然可以造福人們，但卻也有可能帶來更重大的災難，兩次世界大戰便是最好的例子。因此科學技術既可能帶給人類幸福美滿的未來，也可能讓人類更加快速地趨向滅亡。所以描寫科技負面影響的題材，時常成為科幻小說的關注點。而綜觀臺灣科幻小說的發展，更可以清楚地看出臺灣科幻作家對於科幻小說的警惕、反省功能似乎更加著重，然而也正由於這樣的傾向，遂使得臺灣大多數的科幻創作始終給予人「文以載道」的嚴肅感覺。

此點正可在黃海的科幻小說中清楚地發現。雖然黃海的科幻小說大多呈現出一種「太空歷險」的故事模式，然而從黃海的第一本科幻小說《一○一一年》起，黃海便呈現出他對於科技文明、人性善惡及毀滅性戰爭的關懷。

> 生命的意義是什麼？人類永不息止的紛爭是為什麼？人類的將來又是如何？（黃海，1970：200）

也正因為如此，所以黃海選擇比寫實小說關懷面來得更廣更遠的
科幻小說來表達他的理念：

> 我的用意不在做科學性的預測，而是把時間、空間移向遙
> 遠的未來，在人文方面，以未來的眼光反看今日，與今日
> 做一比較。（黃海，1970：200）

不過誠如他之後對自己早期科幻小說的評價，「我的創作過程，
前七、八年思想還不成熟，完全承襲了西方樂觀的觀念，認為整
個未來文明可以經過科技來解決問題。」（丘彥明，1985：242），
的確可以發現黃海早期的作品如《一○一○一年》、《新世紀之
旅》、《銀河迷航記》等書中，確實是對於未來科技抱持著過度
樂觀——或者說單純——的態度。未來便利的生活有可能帶來人
類的墮落、文明的毀壞，然而能夠使人們解脫目前的困境（戰爭、
貧窮、生死……等問題），卻也「只能」依靠科技了。例如，當
一個人思想有問題或有犯罪行為時，他便會被送進「腦部矯治中
心」去修正他的行為。又如一個人想要達到永生的目的，他可以
預先將自己的思想儲存在機器中，以便在死後可以依照生前的記
憶復活起來……。雖然，黃海曾不斷地透過小說人物來反省這類
科技所可能帶來的問題，不過卻也總是稍縱即逝而已，對於其深
層的意涵探討的還不夠深入，這或許誠如黃海所言是剛接觸科幻
小說時的炫奇心態呈現：

> 後來，我漸了解，在小說中耍弄科學道具或描述科學布景，
> 只有使作品距離文學越遠，這種作品，是科學作品，不是
> 文學作品。（黃海，1986）

也或許是當時整個時代的氛圍所導致，如在一篇〈「新世紀之旅」
評介──兼談文人對「科學」的誤解〉的評論中，論者關雲如此
說道：

> 我們必須認清一項事實，那就是「科學」所造成的「惡果」
> （根據一般人的看法），還得由「科學」來收拾，「文學」
> 是插不上手的。比方，防禦飛彈的最有效方法，便是建立
> 反飛彈系統。這不是作作文章，罵罵人就可以解決的。（關
> 雲，1973）

針對此論點，其實仍有討論的空間。不過，基本上對於科學的樂
觀態度在當時政治風雨飄搖、經濟仍剛起步的年代是可理解的，
因此黃海早期的科幻小說可說是呈現出一種樂觀、成人童話式的
想像，正如林燿德所言的「偏向於著重機關道具的十九世紀科幻
小說模式」（林燿德，1993a：42）。

　　而在之後黃海所創作的科幻小說，便如其一直在反省科幻小
說的文學定位時所得出的結論一樣：

> 我以為科幻小說要具備有永恆的文學價值，應該是「科學
> 異想」成分越低，「人文幻想」成分越高。（黃海，1986：
> 142）

所以在日後的科幻小說像《天堂鳥》（1984）、《最後的樂園》
（1984）、《鼠城記》（1987）的「文明三部曲」中，讀到的不
再是酷炫新奇的科技玩意堆疊陳列，取而代之是一種更深沉的人
文思考。

在此時期，從事科幻創作者，除了黃海之外，於 70 年代中期
將其創作重心轉向科幻小說創作的旅美學人張系國，亦是對於臺
灣科幻小說發展具有決定性的人物。不過其影響力的真正展現當
屬 80 年代以後。張系國於 1968 年創作〈超人列傳〉之後，直至
1976 年起才再以「醒石」為筆名，在《聯合報・副刊》開闢「科
幻小說精選」，介紹國外優秀的科幻小說創作，並於 1978 年結集
成《海的死亡》短篇小說集。在該書中，張系國除精選各國優秀
科幻小說十一篇外，為了使讀者在閱讀後，能進一步瞭解作品之
內涵與背景，因此還每篇撰文評析之，此評析甚至編選的作品不
論對於理解張氏之科幻理念，甚至放在臺灣科幻的發展脈絡中，
皆具有相當的參考價值。而也因為張系國於當時的主流媒體（《聯
合報》）上譯介科幻小說，遂使得科幻小說更為大眾所認識與接
受。另外，張系國同時並以「星雲組曲」為總題在《聯合報》及
《中國時報》發表一系列的科幻小說。

當然，除了黃海、張系國戮力於科幻小說的創作外，其他如
後人（方大錚）、石資民、吳望堯、陳正治、章杰（張之傑）、
呂應鐘、葉言都、李順……等人，也分別在各報章媒體發表科幻

小說創作。[1]另外，從 1978 年起，《中國時報‧人間副刊》開始連載倪匡的衛斯理小說〈雨花台石〉，正式將倪匡科幻小說引進臺灣，對日後臺灣科幻的發展產生了重大的影響。

　　而在科幻推廣上，以飛碟研究及推廣通俗科學為職志的呂應鐘（1948-）更是早期重要的一位作家和推廣者。由於本身對於外星文明及宇宙科學的興趣，故其科幻小說的題材多涉及宇宙想像或歷史上神秘事件的重新詮釋，如〈火星人探測地球〉便以火星人的角度敘述其探勘地球的過程，從原先以為地球沒有高等生物直到發現地球文明亦開始向宇宙探索，「我們火星人大為興奮，數十個世紀來的信念證實了一切，在宇宙中我們是不孤獨的。上帝不會只在火星上塑造亞當夏娃，祂是無所不在的，所以亞當夏娃也是無所不在。」又如〈龍星傳人〉即以中國傳說人物神農、伏羲、軒轅、女媧等為故事主角，敘述他們原來自於銀河系外的另一文明「龍星」，因故來到遠古地球的黃河流域，在完成任務即將返航之際，遂將一些先進的知識傳播給原始人類，以促使其進化。或如〈時光巡邏員〉則認為復活島上的石像可能是外星文明所裝設的「歷史記錄器」等等，這些故事皆透露出作者對於外星文明存在的肯定態度。除了科幻小說創作之外，呂應鐘更是對推廣相關科幻活動不遺餘力，如 1977 年創辦了《宇宙科學》雜誌，曾對科幻作品進行相關介紹，並於 1978 年 7 月舉辦了臺灣第一次的科幻座談會，會中對於科幻的觀念、科幻小說的學術地位、科學與科幻的關係、科幻小說的寫作、科幻電影電視在國內的影響、如何拍攝中國的科幻電影等主題都作了相關的討論。其次，呂應

---

[1]　詳見黃炳煌，1983，〈臺灣科幻小說初期發展概述〉，《大眾科學》4.6（1983.6）：19-22。

鐘亦曾多次在報章媒體公開呼籲要重視「科幻文學」這一新興文類，甚至是提倡大學應該開設科幻文學課程的先行者，因為其認為科幻「所預見的未來，正是我們文明發展所可能遭遇的問題」，故如何對科幻作正確且系統的介紹，以及培養國內科幻寫作人才，呂氏認為大專院校實為最佳場所。並針對理工學院和文法商學院各設計不同的科幻課程，「一套有系統而適合國情的科幻文學課程，此課程須具備濃厚的中國風格，使修習的學生能創造出屬於我國的科幻作品，而不是老走翻譯外國作品的路子」（呂應鐘，1979：30）。此呼籲在當時不論是對大學教育或科幻推廣上，皆是具有相當開創性的想法。

另此時期相關雜誌的科幻引介上，有 1974 年《綜合月刊》曾由朱邦賢和弗鳴二人分別翻譯國外傑出的科幻小說，對此，呂應鐘便曾言《綜合月刊》可說是當時「國內第一份有系統譯介科幻的雜誌」（呂應鐘，1980：139）。《明日世界》雜誌（1975 年創刊）亦於 1976 年開始刊登相關科幻作品。此外，還有石育民所發行的《少年科學》（1978 年），雖屬青少年雜誌，然而對於青少年科幻興趣的啟發仍有所助益。而在出版方面，此時期一些出版社也陸續加入了科幻小說的譯介行列之中，臺灣商務印書館、志文、今日世界、希代、純文學、世界文物出版社、時報、年鑑、文皇、德昌、揚名、星光、桂冠等亦有零星的科幻小說出版，不過從 1979 年起照明、國家、星際出版社分別由黃海、王凱竹、張之傑策劃一系列科幻名著的出版與譯介，才將科幻小說的出版推向較為系統性的推廣。

在科幻評論上，誠如先前所言，此時期臺灣科幻還屬於剛起步的階段，於是如何將科幻觀念順利地介紹給臺灣讀者成為此時

期的目標，黃海、張系國、呂應鐘三人當為此時期重要的引介者。如張系國於 1970 年 9 月出版小說集《地》一書所附錄的〈奔月之後——兼論科學幻想小說〉，與呂應鐘發表的〈淺談科學小說〉（1976 年）和〈談科幻文學〉（1979 年）、〈讓科幻紮根——談大學應開授「科幻文學」課程〉（1979 年），以及黃海於 1979 年在淡江大學演講其創作科幻小說的心得講稿之刊登。這些對於剛起步的臺灣科幻觀念實具有相當重要的啟發功用。

　　臺灣的科幻小說由張曉風開其緒端，黃海、張系國、呂應鐘……等人相繼投入此新興的文類，或創作或推廣，雖說在當時的文化環境間或不易被接受，然而其所燃起的絲絲火苗，也為日後的科幻發展奠定了基礎。

第二節　「星雲」的進行曲──黃金期（1980～1993）

　　經過 70 年代一些科幻作家和推廣者的推介後，科幻風氣在臺灣逐漸形成，然而從 80 年代起，在臺灣流通的華文科幻小說作品裡，基本上可分為兩種特色。一個是屬於以張系國為主的嚴肅科幻小說路線，即以強調科幻小說須蘊含深沉的人文意識，「文以載道」成為這一批創作者的共同特徵；而另一方面，則是以倪匡為代表的通俗科幻路線，其科幻小說融合了武俠、偵探、冒險等特色，不但深深地吸引眾多讀者的目光，也對後來的科幻創作者產生深遠且巨大的影響。然而，雖說 80 年代起臺灣的科幻小說發展有這兩類型的區別，但這兩者之間卻是相互影響的，甚至兩者關係也相當曖昧不明。究其原因，實為臺灣科幻市場長期以來一直以歐美科幻為大宗，因此當倪匡科幻小說在臺灣出現時，正如當時尚屬青年的葉李華有一種「終於看到真正的中國科幻小說了！」（金多誠，2000）的感覺，相信這也是當時讀者普遍的想法。然而，弔詭的是，當倪匡科幻小說被讀者普遍接受時，其本身通俗的特色卻又讓那些抱持嚴肅文學觀的科幻作家及論者深不以為然。於是，在所謂「文學性」的號召之下，一批作家和推廣者極力地想與倪匡科幻風格劃清界線，希冀以提升科幻品質的訴

求來重新建立屬於臺灣科幻的特色，進一步擺脫科幻與通俗之間
的關連。

一、大衆路線——倪匡科幻風潮

　　在臺灣科幻小說史上影響最為深遠的作品若說是倪匡的科幻
小說當不為過，誠如論者向鴻全於〈科幻文學在臺灣〉一文中所
分析的，「在華文科幻中倪匡也成為一種『典範』，或者更正確
地說，一種『障礙』……」（向鴻全，2002：34），倪匡在華文
科幻世界裡所引起的風潮，可說是 80 年代相當值得注意的文化現
象。

　　1962 年倪匡（1935- ）開始在香港《明報副刊》撰寫以衛斯
理為主角的第一人稱幻想小說。1978 年《中國時報‧人間副刊》
開始連載〈雨花台石〉（1978 年 5 月 5 日）、〈透明人〉（1978
年 9 月 5 日），正式將倪匡的科幻小說引進臺灣，不過是時的報
社編輯卻是以「奇幻小說」稱之，這正標示出倪匡科幻小說中「科
學性」不足的特色。當時倪匡的科幻小說挾其豐富的想像力和詭
譎多變的情節安排，吸引了許多讀者的注意，就如科幻推廣者葉
李華的回憶所言：

　　　　從此，開始著迷，追著讀、趕著看，連載的、成書的，一
　　　　本一篇都不放過。（金多誠，2000）。

這種著迷的經驗，相信曾喜愛過倪匡科幻小說的讀者當不陌生。甚至在 1979 年為《中國時報》寫專欄的作家柏楊還特別撰文介紹倪匡的科幻小說：

> 十年之前，中國有各種小說……可是卻單單沒有科幻小說。……科學家往往醬在科學裡，作家有苦於對科學一無所知。所以在這個文學上新生的領域裡，晃來晃去的全是黃髮碧眼的洋朋友。看的久啦、又羨又氣，……然而，一位巨星──倪匡先生，崛起文壇，使中國人的羞愧，一掃而光。短短十年之間，他以中國人、中國事、中國鄉土為主題的科幻小說，寫下了十數本巨著。在這些巨著的離奇詭秘故事中，我們第一次看到單音節名字的黃帝子孫。（柏楊 1989：38-39）

雖然柏楊的用語似乎有點誇大其詞，且顯然對於科幻小說在中國的發展不甚熟悉，不過從其對倪匡科幻的盛讚，仍能想像倪匡科幻小說對當時臺灣社會所造成的風潮是如此之大了。

　　1979 年，遠景出版社陸續推出倪匡的科幻創作，並於 1981 年出版了四十四本的「倪匡科幻小說集」套書，這套書籍遂成為許多讀者認識倪匡科幻的入門書。而在 1983 年遠景出版社還特別出版了由沈西城所撰寫的《我看倪匡科幻》一書，其中作者以隨筆的方式，分別介紹倪匡本人及其科幻小說中一些精彩故事的閱讀心得，如〈尋夢〉、〈無名髮〉、〈眼睛〉、〈連鎖〉等，並分析到倪匡科幻小說風格有「氣氛逼人」、「情節詭秘」、「構

思奇巧」、及「愛情與哲理上的描寫」等特點，該書顯然是當時出版社為因應倪匡科幻風潮而出的導讀書籍。

　　經由 70 年代末的醞釀，至 80 年代，倪匡科幻小說可說已在臺灣讀者的心目中奠定了深厚的基礎。之後倪匡繼續以原振俠、列開羅為主角展開同衛斯理一樣的冒險故事，並分別由風雲時代及皇冠二家出版社出版。同時倪匡科幻的風潮也由文本擴散到電影上，分別有「衛斯理與原振俠」、「衛斯理傳奇」、「霸王卸甲」、「老貓」、「原振俠」等電影。另外，隨著 90 年代網路的興起，不論是個人網站或 BBS 皆有許多愛好倪匡科幻所組成的團體，藉由網路即時性、無地域性的特質增進彼此的交流。[2]

　　誠如一位美國科幻小說編輯席柏薩克（John W. Silbersack）所言：

> 科幻小說吸引到的，都是「追著作者的書來讀」的讀者。（席柏薩克，1998：220）。

若將這句話應用到倪匡的科幻小說而言，可謂相當地適當。多年來，當人們談論起華文科幻小說時，大部分人的第一反應便是倪匡的科幻小說。讀者在倪匡科幻小說中隨著主角衛斯理上山下海，馳騁於奇特驚險的幻想世界中。閱讀倪匡科幻小說不必運用深度的思考，只要隨著情節的演變，自然而然作者將會告訴你一

---

[2]　如網站方面有中文科幻網（原為龍幻「衛斯理世界」網站）http://www.chinesesf.com/；BBS 方面則有台大批踢踢實業坊（bbs://ptt.csie.ntu.edu.tw）之「倪匡的科幻世界」版，以及台大不良牛牧場（bbs://zoo.twbbs.org）裡的「倪匡科幻版」。

切的答案，滿足你窮困的想像力。因此，「倪匡」一詞成為華人
科幻的標誌。也正因為如此，倪匡的科幻小說成為許多讀者選擇
閱讀科幻的入門書、創作模仿的對象以及成長的經驗。

　　然而，當倪匡科幻小說開始在臺灣社會流行時，除了喜愛者
的擁護讚揚之外，卻仍有相當多的批評，而其批評主要則來自於
臺灣科幻界的聲浪，他們認為倪匡科幻小說的性質是以通俗娛樂
為主，與以嚴肅態度來從事科幻創作是截然不同的。例如在 1982
年的「文藝節聯副科幻小說座談會」中黃海便說明臺灣科幻主要
該走的方向，應該是朝向嚴肅性而非通俗性的目標：

> 在日本，科幻小說是科幻和偵探結合在一起，倪匡的小說
> 或者可屬於這類。科幻和武俠小說結合，可能變成「星際
> 大戰」那類武俠小說。科幻和恐怖結合，變成科幻恐怖小
> 說。這些科幻小說，在我們看起來，是不該列入科幻的文
> 學正統裏面。我們應該討論的還是科幻的文學，科幻如何
> 文學化，以及如何提高層次的問題。（丘彥明，1985：213）

因倪匡的科幻小說的通俗娛樂性，遂不應該「列入科幻的文學正
統」裡，那正統的科幻文學究竟為何？張系國曾在編選《七十四
年科幻小說選》時對中國科幻小說的發展有如此的看法：

> 我們必須先確立，中國科幻小說是嚴肅的文學形式，然後
> 再增加通俗趣味不遲。（張系國，1986：1）

　　因此，倪匡科幻小說雖具有濃厚的「中國風味」，但其本身所表現的「通俗趣味」性質，卻並非是臺灣科幻小說該走的路線，而「嚴肅的文學形式」才是當時臺灣科幻界心目中科幻創作的標準。

　　或許正因為如此「畫界區分」的舉動，以及臺灣科幻界一直以來便希望提升科幻小說的地位，因而特別強調科幻小說的預測性、批判性等，再加上 80 年代以張系國為主的科幻運動影響，使得臺灣科幻小說的文學地位漸受到主流文壇的注意。正如文學批評家鄭明娳為臺灣科幻小說分析時所提出來的看法一樣：

> 倪匡的科幻小說其實揉合偵探、推理、幻想、言情、鬼怪乃至武俠及一些微薄的科學知識而成，證明了科幻小說成為通俗文學的成功。
>
> 七〇年代張系國在臺灣大力鼓吹科幻小說，……極力把科幻小說導向純文學，他本人的科幻小說作品也印證了這種可能。跟他同一目標，努力創作科幻小說的還有黃海、黃凡、葉言都、林燿德等人。（鄭明娳，1993：84）

因此，倪匡與張系國二人遂分別成為 80 年代起臺灣科幻小說兩種不同路線的代表人物，在臺灣科幻版圖中各擅其場。然而倪匡科幻小說在臺灣大眾閱讀市場的成功，正如論者楊照在觀察戰後臺灣四十年來大眾文學現象後，所得到的結論是倪匡「成了四十年來『大眾文學』領域裡唯一值得一提的科幻作家，而張系國的作品卻始終無法達到美國科幻的大眾化、暢銷的程度。」（楊照，

1995：66）對於倪匡科幻所形成的風潮，雖讓臺灣科幻界意圖與之區隔，但其影響力卻是臺灣本土科幻作家所望塵莫及。

二、小眾科幻「熱」——本土科幻運動

　　雖然在臺灣的科幻歷史裡並無所謂「科幻運動」一詞，也未曾有人對 80 年代所興起的科幻風潮視之為某種運動，然而筆者以為臺灣科幻在 80 年代至 90 年代初經過許多科幻提倡者一連串的推廣活動，包含舉辦科幻文學獎、編選年度科幻小說選、創辦科幻雜誌、籌組出版社專責出版科幻書籍……等等，綜觀這些一連串的活動，將之放置在臺灣科幻歷史上來看，雖無「科幻運動」之詞，確有「科幻運動」之實，而且，也因為這一波科幻運動終於使得臺灣科幻受到某種程度的重視，並且奠定了臺灣科幻的發展基礎。

　　若論這一波臺灣本土科幻運動的起始，可追溯到 70 年代末，臺灣一些科幻推廣者陸續舉辦相關推廣活動，如在 1978 年 7 月 1 日，《宇宙科學》雜誌社曾舉辦臺灣第一次的科幻座談會。之後 1980 年 4 月 19 日，《明日世界》雜誌在淡江文理學院舉辦了另一次「科幻文藝座談會」，其中對於科幻的定義、類型、與科學及文學的關係、科幻藝術的價值以及如何在國內大力提倡科幻觀念亦作了相關討論。接著在 1982 年 5 月 4 日「聯副」又舉辦一次「科幻小說座談會」。因此在這 70、80 年代接替之際，這三次的會議座談將臺灣科幻的愛好者齊聚一堂討論臺灣科幻的未來，而這也正透露出一個臺灣科幻團體的隱然成形。

　　再者，根據呂應鐘的說法，臺灣在 70 年代中，因為「廣義科幻作品」的流行，同樣地也帶動了出版界對於國外科幻作品的譯介。[3] 甚至到了 1979 年起，照明、國家、星際三家出版社更是以「照耀明日的書」、「國家科幻叢書」、「世界科幻名著」為總題推出一系列國外經典科幻作品，使得「許多西方科幻大師和當代新銳並且是初度和臺灣讀者相逢」（林燿德，1993a：44）。另外，在 1980 年 2 月間《中國時報》以「二〇八〇年過年」為題，刊載駱基、倪匡、桑科（張曉風）的科幻小品，及黃凡的〈新年快樂〉科幻短篇；臺北《民族晚報》自 9 月起，每週一開闢「科幻世界」專欄，刊登科幻創作及翻譯小說；1981 年《臺灣時報》連續舉辦「中國科幻小說大展」，這些報章媒體分別以專題、專欄的方式刊登科幻作品。於此，另一項有助於臺灣科幻運動推行的時代氛圍也悄然凝聚。

　　綜合上述，當時臺灣對於形成一股科幻勢力已具備了相當有利的條件，然而卻尚缺具有代表性、影響力的人物將之統合。綜觀當時活躍於科幻創作和推廣的作家或推廣者，黃海雖然極早便在從事科幻小說的創作，並且試圖將科幻小說推往純文學的方向，不過顯然其科幻創作和呼籲在主流文壇上所得到的注意並不高。而呂應鐘雖然曾大力疾呼要重視科幻文學，也有大量的科幻引介文論，但只可惜本身並無大量的科幻創作，因此在文壇上所引起的迴響也不大。至於在 1981 年 5 月曾創辦「臺灣地區第一本

---

[3]　呂應鐘認為科幻的定義又可分為狹義和廣義兩種，狹義的科幻專指一般人所熟知的虛構小說或電影，而廣義的科幻則是把非小說類的未經證實的科學作品也包含進來，像「飛碟」、「史前文明」等。詳見呂應鐘（呂金駿），1980，〈時代的文學——科幻小說〉，《綜合月刊》138（1980.5）：141。

專門刊載科幻作品的專業性刊物」的《科幻文學》編者張之傑，
雖然冀以《科幻文學》做為臺灣科幻創作者的發表園地，但卻在
出刊一期後，因編纂環華百科全書而停刊，錯失了凝聚此科幻勢
力的良機。最後，於 70 年代中期將創作重心轉移到科幻文學上的
張系國遂成為了「一個啟蒙式的代表人物」（林燿德，1993a：43）。
張系國於 1976 年起分別在當時分屬臺灣兩大報的《中國時報》和
《聯合報》發表科幻小說〈翦夢奇緣〉、〈翻譯絕唱〉、〈玩偶
之家〉……等，後於 1980 年以《星雲組曲》為總題結集出版，此
書不但是張系國科幻小說的代表作，另也成為了臺灣科幻小說史
上一項重要典範。而進入 80 年代後張氏又陸續推出科幻小說創
作，長篇小說「城三部曲」（《五玉碟》、《龍城飛將》、《一
羽毛》）及短篇小說集《夜曲》，皆一一受到主流文壇高度的重
視與評價。其次，張系國於 1978 年起在《聯合報‧副刊》，花費
近一年的時間，譯介其所精選各國優秀科幻小說，並撰文評析，
挾其《聯合報》於當時臺灣的龐大發售量，張系國所評介的科幻
小說和其理念，迅速地為臺灣讀者所熟悉。1982 年張系國和許多
科幻同好成立「知識系統出版有限公司」，開始出版本土科幻作
家的科幻創作，而此「知識系統出版有限公司」的成立也正如同
林燿德所言：

> 形成了科幻小說的匯集中心，也就是說，以張系國為核心
> 的「臺灣科幻氛圍」藉由知識系統而予以「統合」。（林
> 燿德，1993a：43）

故，張系國於是時起儼然已成為臺灣科幻界的代言人。

　　「知識系統出版有限公司」成為臺灣科幻的推廣根據地後，另一項對科幻推廣最有力的宣傳工具便屬「文學獎」。《中國時報》和《聯合報》兩大報副刊所舉辦的文學獎對當時文壇而言，可謂是年度大事，不但挖掘出許多優秀創作者，也吸引當時眾多讀者的目光。臺灣本土科幻小說最早進入文學獎的作品，當屬1981年由黃凡所創作的〈零〉中篇小說。不過，當年在聯合報文學獎評審會議中評審委員們卻對於文學獎中的科幻小說類別是否該給予特別的關注有過一段爭議。當時評審委員討論到〈零〉這篇小說時，張系國認為〈零〉應該獨立出來另設一「科幻小說類」，因為「作為科幻小說，他值得鼓勵的，但是科幻小說還在萌芽的時期，我們可以容許將別人發展出來的觀念借用過來，如果用一般科幻小說現在所走到的境界來衡量，那就會發現這篇小說的不足之處」所以「為了『科幻小說』著想，我很希望分開另類」，然而另一決審委員姚一葦卻不認同，認為「小說不宜分類」，「我想不管小說、戲劇相同的都很多，不必把它獨立為一類」（丘彥明，1982）。最後結果是由張系國撤回提案結束了爭端，因此〈零〉便以「聯合報七十年度中篇小說」得獎，但不另作分類。雖然〈零〉未能以科幻小說的名義與其他小說作區別，然而科幻小說首次能在臺灣文學獎項得獎，倒也對有心從事科幻小說創作的人而言，無疑是一種鼓勵。

　　之後，1984年《中國時報》考慮到當時大眾文學的市場潛力後，特別於文學獎中附設科幻小說獎，成為臺灣第一個為科幻小說設立的獎項，不過此獎項僅維持兩年。1986年起張系國在考量到為了讓新生代科幻創作者仍有一發表的園地，故在《中國時報》不願續辦科幻小說獎後，表達願意出資繼續籌辦科幻小說獎，並

名之為「張系國科幻小說獎」，此文學獎持續至 1989 年為止。1991
年則改由《幻象》雜誌主辦「世界華人科幻藝術獎」，徵稿涵蓋
中國大陸、香港及其他華文地區，不過此徵文僅舉辦一屆而已。
至此，從 80 年代初以張系國為主要核心的科幻小說獎，算是劃下
了中止符，也代表這波科幻活動即將落幕，而 1994 年《幼獅文藝》
雜誌為因應該社四十周年慶所推出的「全國華人科幻小說獎」，
僅可算是這波科幻運動的餘波而已。不過，這八次的科幻獎無疑
對臺灣科幻小說的發展產生諸多影響。有關此部份的論述，將於
第四章詳述之。

　　除了科幻獎的設立之外，「科幻小說選」的出版也代表了臺
灣本土科幻成果的呈現，對於科幻的推廣有一定的助力。「知識
系統」先後出版由張系國選編的《當代科幻小說選 I 》（1985）、
《當代科幻小說選 II 》（1985）、《七十三年科幻小說選》（1985）、
《七十四年科幻小說選》（1986）、《七十五年科幻小說選》（1987）、
《無盡的愛——七十六年科幻小說選》（1988）。「當代科幻小
說選」是針對過去臺灣二十多年來科幻小說創作的回顧與總結，
其中收入二十家作品。而「年度科幻小說選」則主要根據當年度
所舉辦的科幻小說獎中優秀作品結集而成。因此，這些科幻小說
選集的出版記錄了臺灣科幻小說黃金期的發展，也為日後研究者
留下許多重要的史料。

　　另外，1990 年《幻象》雜誌的創刊，更是將臺灣科幻運動推
向另一波的高峰，誠如葉李華於〈超人的幻象〉中所言：

　　　　《幻象》是全世界中文科幻文學的首度大結合，把全球各
　　　地用中文寫科幻的人，全部通通一網打盡。其實，能擁有

> 一份屬於科幻文學自己的雜誌，是每一位中文科幻作家共
> 有的心願。因此，當張系國登高一呼，大家自然立刻響應，
> 使這件艱巨的歷史任務，能夠在最短的時間內達成目標。
> （葉李華，1990）

不過，《幻象》在出刊八期後，最後因故而停刊，後來雖然移師
網路，但終究無法產生多大的功用。而這一波自 80 年代而起的科
幻運動，也至《幻象》停刊後，終告停歇。

綜觀 80 年代到 90 年代初這段臺灣科幻的發展，實可說是臺
灣科幻史上的黃金期，一方面是倪匡科幻小說在讀者間廣為流
傳，使得臺灣大多數讀者對於華文科幻有了初步的認識，而一方
面則是在經過這一連串推廣科幻的活動後，終於使得科幻成為臺
灣文壇不可忽視的新類別。

在這一階段裡，不論科幻創作或理論其實都比前期來得豐
碩。隨著臺灣科幻界的自覺與自信的形成，這一時期出現了幾本
涵蓋 70 年代至 80 年代臺灣本土優秀科幻創作的選集，如 1981
年由張之傑、黃海、呂應鐘三人編選《中國當代科幻選集》（星
際）、1985 年張系國編選《當代科幻小說選 I、II》（知識系統）、
1988 年苦苓編《中國 2020 年》（希代），及 1989 年黃凡、林燿
德編《新世代小說大系：科幻卷》（希代）。其中所精選的作品
可說皆代表著在各時代背景下，臺灣科幻作家的無限想像，對於
一窺 90 年代以前臺灣本土科幻的創作歷程無疑具有相當重要的
歷史價值。

在個人創作方面，本時期創作量較豐富的作家仍然以黃海、
張系國以及 80 年代初以《零》進入科幻領域的黃凡為主要作家。

黃海在這一時期裡，以其悲天憫人的胸懷創作出「文明三部曲」：
《天堂鳥》《最後的樂園》（時報，1984）《鼠城記》（時報，
1987），試圖呈現人類在浩劫後或科技文明高度發展後所經歷的
種種苦難及危機，如環境危機（《鼠城記》）、人口危機（《最
後的樂園》）及精神危機（《天堂鳥》），藉此警示世人。正如
黃海自言到：

> 未來文明是禍是福縱然操縱在現在人類手裡，科幻作者絕
> 對有責任提出他的看法，或憂慮或警告。科幻小說惟有對
> 文明關切反省，才有它深刻永恆的意義。（黃海，1987：6）

另，黃海還有《偷腦計劃》（皇冠，1984）、《第四類接觸》、
《星星的項練》（皇冠，1985）等短篇科幻小說集出版。其次，
張系國代表作《星雲組曲》（1980）以感性及批判之筆，勾勒出
二十世紀至二百世紀的未來世界，誠如李歐梵於〈奇幻之旅──
星雲組曲簡論〉中所言，張系國在這奇幻想像世界裡，「表現了
他自己的社會政治理想和對將來中國的憧憬」（李歐梵，1980：3）。
另外，以實驗「中國風味」為目的而花費近十年所創作的長篇科
幻小說「城三部曲」：《五玉碟》（1983）、《龍城飛將》（1986）、
《一羽毛》（1991），則以想像的呼回文明興衰史寄寓著作家對
於國家與民族之間的歷史情懷。1985 年所創作的短篇科幻小說集
《夜曲》，一脫「城三部曲」以大時代、大歷史為主的故事背景，
改以「星塵組曲」為總題，描述人海微塵之事，然而，雖缺乏對
於大歷史的宏觀描述，但該書中仍可嗅出張系國依然對於歷史和
個體之間交互辯證的興趣，如同名小說〈夜曲〉裡的「天長地久

計」時間儲存器，發明者計程車司機收集了世界上多人剩餘的光陰，卻誓願「走遍世界每一處角落，讀完世界每一本書」（張系國，1985：17），其目的便是在尋求「不朽之鑰」，而這不正是所有知識份子的終極理想嗎？繼起之科幻作家黃凡的《零》（聯經，1982），則以「反烏托邦」的題材重現集權政治的恐怖，之後的科幻創作包括有《上帝們——人類浩劫後》（知識系統，1985）、《上帝的耳目》（希代，1990）、《冰淇淋》（希代，1991）等。至於此時期其他作家的創作則如林崇漢《從黑暗中來》（希代，1986）、葉言都《海天龍戰》（知識系統，1987）、張大春《病變》（時報，1990）、葉李華《時空遊戲》（知識系統，1990）、張之傑《綠蜻蜓》（漢光，1992）、心岱《地底人傳奇》（時報，1992）、李黎《袋鼠男人》（聯經，1992）……等等，皆屬相當優秀的科幻小說。

　　而在這一時期的科幻研究或文獻裡，當以 1982 年由聯副所舉辦的「文藝節聯副科幻小說座談會」（丘彥明，1985）及 1992 年的「科幻大對決」（張國立，1992）兩者之會議記錄為研究當代臺灣科幻不可忽視之重要文獻資料，其中會議所討論的議題對於引導當時科幻風尚實有具指標性的意義。如〈文藝節聯副科幻小說座談會〉中討論的議題有「科幻小說是什麼」、「科學在科幻小說中的地位」、「幻想小說與科幻小說」、「神話與科幻小說」、「國內科幻小說的發展」、「科幻小說的思考與試煉」等六大議題。這些議題在 80 年代初，無論是對於讀者或有心從事科幻創作者而言，無疑地為其指引出臺灣本土科幻創作應走的方向和特色。而 1992 年的〈科幻大對決〉則是臺灣科幻界在經過 80 年代熱熱鬧鬧的科幻運動後的重要反思，對於為何「科幻小說無

法較為通俗」及臺灣科幻是否過於「文以載道」等議題，經在場作家和推廣者的辯論下，雖無明確的共識，然也突顯出臺灣科幻呈現多元化的必然發展。其次，以臺灣科幻為主的重要研究論述有黃炳煌（黃海）的〈臺灣科幻小說初期發展概述〉（黃海，1983）、陳思和〈創意與可讀性──試論臺灣當代科幻與通俗文類的關係〉（陳思和，1992）及林燿德〈臺灣當代科幻文學〉（林燿德，1993a、b）等三篇。黃海以其長期耕耘於臺灣科幻的經驗與觀察，夾敘夾議地重現了臺灣科幻早期的發展，其中對於作家作品的介紹深具重要的史料價值。而陳思和以一位大陸學者的角度觀察臺灣科幻小說的發展，指出未來臺灣科幻小說必然要在「創意」和「可讀性」的結合下，才能獲得更多讀者的迴響。另，林燿德該文中，則以相當獨到的觀點對影響臺灣科幻發展的幾個關鍵人物和事件進行討論，並對未來臺灣科幻的發展進行預測。

　　從 80 年代起至 90 年代初的這一股科幻運動，在眾多科幻愛好者的推動之下，蔚為風尚，亦留下許多優秀的作品，大有形成主流文壇外的另一股勢力的態勢，可惜的是，這波科幻運動在《幻象》停刊後漸趨緩和，直到 90 年代末，靠著葉李華的推動，臺灣才又上演著另一次的科幻風潮。

第三節　「繽紛」的科幻──轉變期 （1994～1998）

　　80 年代興起的科幻運動，在經過十多年的熱潮後，終於在 1994 年《幼獅文藝》所舉辦的「科幻小說獎」後完全沉寂了下來。在這十多年的發展中，臺灣科幻藉著這一波科幻運動終於得到了一次「正名」的機會，科幻小說不再等同於荒誕無稽的娛樂休閒讀物，且臺灣作家也創作出許多優秀的科幻小說來證明此點，這些成績可以從歷年科幻小說獎及科幻小說選中得到印證。然而，在這場看似熱鬧風光的科幻運動裡，卻深藏著現實與理想之間未能契合的隱憂，熱鬧之餘，所獲得的仍是「叫好不叫座」的評價，這不免讓許多有心人開始思索臺灣科幻的未來到底在哪裡，及在一片「文學沒落」的時代警訊中，如何讓臺灣科幻有更進一步的發展空間等問題。而另一方面，於 90 年代中期崛起的新一代科幻作家，以其迥異於科幻前輩的成長背景，對於當代臺灣科幻小說的書寫有不同的見解，進而試圖有所改變與突破。總之，這些轉變代表了臺灣科幻在經歷 70、80 年代的發展後，於世紀末重新省思以迎接未來的新改變，而這可說是臺灣科幻發展於 90 年代中期後的明顯地兩大特徵。

一、張系國的「金字塔科幻階層」

前文曾提及，臺灣科幻小說的發展到了 80 年代後，開始分為
兩方面進展，一方面是倪匡的通俗科幻，而另一方面則是屬於以
張系國為主的嚴肅科幻一派。如果說黃海曾嘗試將臺灣科幻導向
純文學方向來發展的話，那無疑地張系國則是促使往這方面前進
的重要代表人物。因此，經過 80 年代的科幻運動後，臺灣科幻的
確獲得某種程度的認同，然而就在張系國等人熱熱鬧鬧地組出版
社、設科幻獎，辦雜誌之後，所看到的現象是社會大眾依然對於
倪匡科幻的接受程度較高於本土作家的科幻作品，這是否意味著
這一波科幻運動只是一群小眾的科幻熱而已呢？

針對這個問題，其實在 90 年代初期便有人提出了疑問：「到
底臺灣科幻不能普及的原因是什麼？」以及「文以載道的沉重意
識是否『謀殺』了臺灣的科幻？」。這個議題在 1991 年 10 月 12
日於「世界華人科幻藝術獎」後的一次公開座談會中正式地被提
了出來。當時作家張大春便認為：

> 張系國在臺灣科幻小說的發展上是功臣也是罪人，從他創
> 設的科幻小說獎成立以來，為臺灣的科幻小說加入沉重的
> 意識負擔，……於是始終無法通俗，……張系國自己寫的，
> 及過去科幻小說獎的得獎作品，似乎都強調歷史環境的反
> 應，過度的聚焦必造成對學寫者的誤導……（張國立，
> 1992：99）

由於張系國是為臺灣科幻小說發展的指標性人物，因此其「沉重的意識負擔」理念自然而然透過小說和推廣影響了臺灣科幻小說發展的方向，而這也是臺灣科幻小說至今無法被社會大眾普遍接受的重要因素，就此而言，張大春認為張系國難辭其咎。

然而張系國對於自己賦予科幻小說「文以載道」的主張並不認為有錯，其認為「『道』是無所不在的，關鍵在於是否抓到科幻小說的精髓……」（99），不過他也承認在臺灣推廣科幻如此之久，為何仍不能獲得廣大讀者的認同，其原因或許在於：

> 我們先有上層結構，這是歷史問題，因為有了小說獎才吸引了一批作者，下層的配合不足，也在辦科幻小說獎即發現，因此辦《幻象》雜誌，但又遇到市場問題。現在檢討，問題不在大眾、小眾，而在分眾，我們尚未好好開發讀者，也未掌握住通俗性。（103）

「上層結構」的讀者群猶如金字塔的頂端，所代表的是精英文化，雖然透過小說獎、年度小說選、專業科幻雜誌等機制，可以產生許多優秀的作家和作品，但相應地是受眾者少。以往，一般的科幻推廣者和作家雖希望能將科幻推廣至一般大眾，但在對臺灣科幻高標準的要求之下（如文以載道），事實上已限制了讀者群。因此，要讓臺灣科幻長久經營，則必須開拓更多的讀者群，如何以上層的基礎去拓展下層的讀者，實為日後推廣臺灣科幻的思考重點。也正如此，這次座談會其實顯露出臺灣科幻界對於以往臺灣科幻小說的發展朝某一方向傾斜的自覺，並試圖有所改變。

　　由此脈絡，或許可以看出何以在 1994 年 3 月的「幼獅文學獎・科幻小說獎」決審會議中，張系國對眾評審一致讚賞的〈老大姊注視你〉一文，始終無法投下肯定的一票的原因，他認為：

> 此次辦「科幻小說獎」，若〈老大姊注視你〉得到第一名的話，會不會讓一般人得到一個誤導，每次我們辦科幻小說獎，得獎作品往往是文學藝術性很高，但科幻性不強，結果總有很多人不喜歡看這種東西。……
>
> 為什麼這幾年科幻小說提倡不起來？追根究底，就是寫的小說不好看，不好看就會曲高和寡，一般讀者無法接受。《幼獅文藝》這次推動「科幻小說獎」，就是希望青少年能夠看，像〈老大姊注視你〉這樣的作品，它的得獎過程當然沒什麼問題，可是得獎之後，對青少年會有很大的影響。……
>
> 科幻獎辦了這麼多次，為什麼愈辦讀者愈少，這是值得我們自己去重新思考的問題。（吳金蘭，1994：37-38）

張氏所指「不好看」之意，並非指作品差勁卑劣，而是「不好閱讀」，即讀者需要更高的文學品味才能夠欣賞作品美感與意涵，但這對於一般讀者而言，無疑是高標準的要求，因此才有「曲高和寡」之嘆。雖然張系國在以「讀者階層」（青少年、一般讀者）為主要考量下，認為應該有不同的評審標準，但卻未能說服其他評審，因此該次小說獎仍以張啟疆的〈老大姊注視你〉獲得首獎。由此也可以看出嚴肅與通俗科幻之間的另一次拉距。而這也顯示出雖然臺灣科幻界有「曲高和寡」的憂慮自覺，但一旦進入文學

機制（文學獎）之內，勢必受到主流文學價值觀的嚴厲考驗。由
以上來看，要將臺灣科幻小說推廣朝向更普及化，似乎仍有許多
尚待努力的空間。

　　基於貫徹自己新的科幻理念，所以張系國首先在 1994 年 7
月在《聯合報》的〈繽紛版〉推出「互動科幻小說」，以不寫故
事的結局，改由每次徵求讀者續完故事的方式，試圖以不同的創
作方式來拉近作者與讀者之間的距離：

> 想說可不可以透過鼓勵作者和讀者的互動，或者多人的互
> 動之間，因為互動的話會產生一種腦力激盪的效果，有些
> 作品是在腦力激盪下產生的，看看這種方式的話會不會讓
> 科幻走出不同的方向。　（附錄五：193）

結果，該次實驗所獲致的迴響甚佳，「很多讀者雖未寫續文，但
天天都有人打電話詢問續文何時刊登，互動科幻小說一炮而紅。」
（張系國，1999：135）而此講求與讀者互動的創意寫法，據張
系國所言，甚至成為日後各報刊登互動式小說的濫觴。隔年，張
系國又再次作了一項嘗試，便是於《中國時報》的〈人間副刊〉
推出「連鎖科幻小說」：

> 我覺得一來一往式的互動小說仍有欠靈活，所以在中國時
> 報又寫了兩篇「連鎖」科幻小說，由讀者續我的故事，但
> 不必續完，我再根據讀者的續文寫出最後的結局。（張系
> 國，1999：136）

由此可見，這兩種將讀者納入創作共同體的嶄新寫作方式，其背後所蘊含的企圖皆是在重新調整讀者與作者之間的關係，進而引發讀者對科幻的興趣。日後張系國便將這兩項嘗試的成果結集成短篇科幻小說集《玻璃世界》（洪範，1999），以茲紀念。不過，張系國並不以此為滿足，在 2001 年當《聯合報》的附屬網站「文學咖啡屋」邀請張系國擔任駐站作家時，他則再次推出「感應小說」：

> 感應小說的話，是給讀者出一個點子，比如這邊有一個作品，你不一定要接，你可以平行寫另外一個故事，或者你畫畫，或者你做創意設計。（附錄五：193）

從「互動科幻小說」到「連鎖科幻小說」，再到「感應小說」等寫作方式的創新，不難發現張系國希望透過這幾次開拓讀者群的創新實驗，試圖以此來激發讀者對於科幻的喜愛，進而開拓科幻金字塔的中下層市場。因此或許有人會發現張系國近期的科幻作品「載道」氣息少了些，也輕鬆有趣多了。

當然，一個時代文學風尚的轉變，並不會因一人的改變而改變，但以張系國在臺灣科幻界的影響力，及透過大量地小說創作來實踐其理念，這種嘗試或能激起更多作家和讀者對於科幻的不同思考，這對當時臺灣科幻小說的發展跳脫以往必須「文以載道」的沉重使命，無疑地具有相當正面的意義。

二、科幻「新勢力」──洪凌、紀大偉的「異色科幻」

　　如果說「張派科幻」（葉李華語）的特色是「杜絕恐怖、色情與怪誕的情節」（張系國，1998：310），那麼於 90 年代中期出現的新生代作家洪凌（1971-）與紀大偉（1972-）恐怕是無法將之納入所謂「張派科幻」的旗幟底下的（或許他們也不期望被「收編」）。他們以一種迥異於前行代科幻作家們的獨特風格闖出了一片屬於他們的新天空，以及對於當代臺灣科幻的新詮釋。

　　如前所言，當張系國於此 90 年代中後期，試圖為已負載過多意識形態的臺灣科幻小說朝較輕鬆化、大眾化而努力的同時，洪凌、紀大偉等人亦以邊緣反抗者的姿態意欲挑戰長久以來為張系國等人所主導的主流科幻文壇，透過對既定的書寫規則以及美感經驗進行一連串反動。如果說科幻本身便具備有顛覆傳統的功能，那麼洪凌與紀大偉無疑地是將此功能更加地深化，挑戰人們（尤其是傳統科幻讀者）既有的思維及感官世界。誠如論者廖咸浩所言：

> 洪凌與紀大偉等新世代的科（魔）幻小說家，是臺灣當代的「法蘭肯斯坦」。在群雄／雌並起、但「啟蒙」餘孽不散的世紀末臺灣島上，他們是少數膽敢殺出重圍的「怪胎」。（廖咸浩，1996：Ⅰ）

洪凌、紀大偉之所以會於此時崛起，或許跟當時候整個時代風氣及文學發展相關。解嚴後的多元開放，使得以往被視為中心、權威的領域一一被質疑與突破，新一代作家比前行代作家更勇於向

傳統挑戰。以洪凌而言，不同於以往的科幻作家總是對科幻的科學領域特別強調，以及標榜對歐美經典科幻（如凡爾納、H.G 威爾斯、艾西莫夫、克拉克…）的模仿學習與效法，洪凌對於歐美的邊緣科幻小說（諸如恐怖科幻小說、魔幻小說）似乎更加有興趣，而且隨著視聽娛樂的發達，日本動漫畫的炫麗奇想也深深地影響其創作。洪凌便曾自言道當初在創作《宇宙奧狄賽》系列時的靈感來源：

> 要將這些活躍於腦髓深處的超次元舞台的風光聲色倒出一些可能的源頭，大概得從高中時代的固定收視日本動畫《聖鬥士星矢》這等八〇年代動漫畫鄉愁的物件說起。……除了充當奇妙原始人物素材的《聖鬥士星矢》，澆灌了這個系列的其他元素，包括名為《星際歌劇》（Space Opera）的科幻小說次類型、永野護的神魔機械超時空童話《五星故事》（The Five Stars' Story）、設定了銀河帝國與星族議會概念的艾西莫夫（Issac Asimov）、異星族文化與性慾張力交會衝激的布拉德麗（Marion Zimmer Bradley）、以主角為永劫平行次元棋盤的棋手與棋子的麥爾庫克（Michael Moorcock）。（洪凌，2000：151）

以日本動漫畫、星際歌劇、情慾性別、神魔爭鬥等形式和題材交織而成的《宇宙奧狄賽》，敘述著一位永生的主角在宇宙流浪尋求自我意義時，所經歷的愛恨情仇故事。而洪凌之後的《肢解異獸》、《末日玫瑰雨》等小說集更是以大量書寫情慾、甚至暴力血腥的內容建構起其獨特的幻想空間。因此，洪凌科幻作品所描

述的題材及風格，對於某些習慣於以往經典科幻作品的科幻迷而言，或許會斥之為荒唐無稽而感到無法適應。

　　而同時期另一位也相當注重性別、情慾等議題的作家紀大偉亦將科幻小說作為其探討這些議題的重要載體。誠如其在闡述創作中篇科幻小說《膜》（1995）時的動機：

> 中篇小說《膜》，是虛擬女／女情慾的科幻作品，科幻在臺灣文壇通常不叫好也不叫座，但我相信其中有值得耕耘的空間，尤其適合將性／別議題植入（歐美女性主義科幻小說就是極佳的範例），因此就大膽下手了。（紀大偉，1996：I-II）

有關於情慾性別的議題的確在以往的臺灣科幻小說較為少見，且若有處理到，亦往往以男性為中心的角度進行詮釋，故紀大偉一反過去臺灣科幻小說的傳統，試圖有所突破的作法，無疑地也提供了臺灣科幻小說另一項特色。

　　總之，對二人而言，科幻小說是不是必須符合科學的合理性？是不是必須雅俗共賞？是不是必須符合傳統科幻小說的價值觀？……這些似乎並不重要，重要地是如何藉由科幻小說本身獨特的顛覆特質，以顛覆傳統科幻小說中的男性霸權、科學至上、情慾壓抑……等中心思維。因此，在90年代情慾性別題材盛起的臺灣文壇中，這兩位作家分別科幻小說獨特的幻想功能，建立起自己的情慾性別想像，而也以此鮮明的旗幟分別豎立起個人的特殊風格，亦為臺灣的科幻小說開拓另一情慾性別領域。

　　另外，崛起於 90 年代中期的臺灣科幻新生代作家除了洪凌、紀大偉二人以較為獨特的風格備受矚目外。另一位新生代科幻作家蘇逸平此時亦相當積極地從事科幻小說創作，不過其科幻小說的特色則較為接近倪匡科幻的風格，即以「冒險奇情」為主要基調。如《穿梭時空三千年》中的主角葛雷新便因為命運的捉弄，遂使得他平凡的生活有了巨大的轉變，從二十四世紀的未來時空進入時光隧道，展開一連串的時間旅行，穿梭於所謂「桃源」、「豪門」、「巫術世界」、「星塵組曲」、「大鵬王朝」等時空，歷經了一場又一場的時空冒險。而之後其他科幻小說作品，如《星座時空》、《龍族秘錄》、《惑星世紀》、《星艦英雄傳說》等亦以同樣的風格與模式建立起其獨特的「超異時空」題材。這些作品挾其豐富的想像力和輕鬆有趣的情節，在一般大眾讀者中獲得不錯的迴響，且從其作品中亦可嗅出新生代科幻作家深受日本動漫畫的影響。不過，其作品卻較為缺乏哲理深度而流於炫奇呈現，但正或許便如其對科幻所抱持的態度一樣：

> 新一代中文科幻如果要再一次出擊，「好不好玩」便成了
> 一個重要的關鍵，縱使這樣的說法曾經在網路上引起純科
> 幻迷的不滿，但是，我們仍願意相信這是讓中文科幻再次
> 起飛的神妙咒語。（蘇逸平，1999）

「好不好玩」成為蘇逸平對臺灣科幻的新詮釋，雖然仍有所爭議，但其實背後所代表的意涵也是對於以往臺灣科幻小說中那種沉重意識形態的重新思考。

　　由這 90 年代中後期崛起的三位作家來看，對於以往科幻前輩所標舉的「文以載道」目標，或許不再成為新生代作家創作科幻小說的唯一目標。對於華文科幻如何再次起飛，新一代的科幻作家似乎有不同於科幻前輩的想法，而這也正代表著臺灣科幻小說開始進入了多元發展的階段。

　　最後，在這一階段裡的科幻創作，除了以上幾位代表性作家之外，其他科幻作家作品如林燿德的長篇科幻小說《時間龍》（1994）亦屬上乘之作，該故事是由〈雙星浮沉錄〉所擴展而成的，主要是敘述在跨星球企業盛行的未來時空裡，兩個星球文明領導者之間彼此勾心鬥角的故事。另如宋澤萊的《廢墟臺灣》（1995），則是以魔幻寫實的手法虛構出未來臺灣的可能發展。野聲（曾繼雄）的《解構》（1997）則從宗教的角度對未來科技的發展有所批評，描繪在科技時代底下的各種人性衝突……。其次，本時期的科幻論述，隨著科幻文化漸受矚目，也獲得學術界的關注，其中對於臺灣科幻發展有更深入的探討，諸如張錦忠〈黃凡與未來：兼註臺灣科幻小說〉（《中外文學》，1994 年 5 月）、王建元〈當代臺灣科幻小說中的都市空間〉（《當代臺灣都市文學論》，1995）、洪凌、紀大偉〈當代臺灣科幻小說的都會冷酷異境〉（《當代臺灣都市文學論》，1995）等，皆屬相當重要的研究文獻。

第四節　科幻「交通」[4]的建構──再興期（1999～）

臺灣科幻自從於 1994 年《幼獅文藝》舉辦「科幻小說獎」後，沉寂了近五年的時間，然而，在世紀末之際，終於又有了新的契機、新的風潮。而推動這股風潮的人便是於 1989 年以〈戲〉一文獲得「張系國科幻小說獎」首獎的葉李華（1962-）。由於華文科幻界兩位大老張系國與倪匡對葉李華的大力支持，使得他在臺灣推廣科幻時似乎更加如虎添翼，再加上新一代的華人作家（如張草、蘇逸平）及科幻愛好者的協助，一個新的科幻團隊於世紀末產生，繼續推動著前輩們未竟的科幻事業。另外，《哈利波特》的流行旋風或許可稱得上是世紀末臺灣出版界的大事，甚至興起了一股「奇幻文學」的閱讀風潮，而同屬於幻想範疇的科幻小說也在這一熱潮下，多少也吸引了人們的注意，間接地促進了科幻小說的推展。因此，在世紀交替之際，臺灣科幻發展的另一高峰正如火如荼地展開來。

---

[4]　在筆者的碩士論文中，此節標題原為「科幻天下的建構」，其當初之意涵，實意欲藉「天下文化」加入科幻市場之時事，來說明葉李華在這一階段的重要性，和科幻市場的熱絡情形。然而今日（2008）再回顧這一段發展，由於某些原因，「天下文化」已淡出科幻市場的經營，相對地，新竹交通大學反而發展成這段時期的重要推廣中心，儼然是臺灣科幻的重鎮，因此為更符合實情，故改之。

一、葉李華風雲

　　若說張系國是 80 年代臺灣科幻文壇的重要推手，那繼之而起的葉李華無疑是二十一世紀初另一位深具關鍵性的科幻推廣者。據幾次的訪談中，葉李華多次自言從小便受到科幻小說、漫畫、電影的影響，自此對於科幻的熱情與日遽增，尤其 80 年代初倪匡科幻小說在臺灣出版後，更是深深著迷，「光讀不夠，還做閱讀筆記，筆記上寫的不只是心得感想，還有人物關係圖譜、故事發展系統，甚至故事發展構想建議。」（金多誠，2000）之後，憑著這股熱情，葉李華與倪匡成為忘年好友。另，80 年代中期臺灣科幻文壇的盛事「張系國科幻小說獎」，葉李華也未缺席。從 1987 年起便年年投稿，直至 1989 年才獲得首獎。回憶那段由讀者轉化為創作者的過程，葉李華如此說道：

> 經過這三年的努力，我對科幻小說的興趣也早由迷轉癡、
> 由癡變狂……（呂堅平，1990：113）。

1989 年葉李華加入張系國所籌辦的《幻象》科幻雜誌編輯群中，進而認識了許多華文科幻作家和愛好者，這些人脈遂成為他日後推廣科幻的重要基礎。

　　在葉李華投入華文科幻推廣的過程中，倪匡與張系國這兩位華文科幻界大師實扮演著關鍵性的角色：

> 我有兩位老師——倪匡先生與張系國先生，他們所有作品
> 都對我有很深的影響和啟示，也一直是我自修寫作的最佳

教材與範本。尤其最近兩三年間正式與這兩位大師結識，
多次親聆教誨，更使我受益良多。（呂堅平，1990：114）

兩人除了在創作上給予相當的啟發外，透過兩人在華文科幻界的
影響力，其實也為葉李華於 90 年代末回台推廣科幻帶來加分的效
果。如前所述，從 80 年代起熱熱鬧鬧的臺灣科幻文壇在 90 年代
初《幻象》雜誌停刊後，自此沉寂了一段時日，在大多數科幻作
家和推廣者感嘆於大時代環境不利於科幻發展的同時，葉李華秉
持著對科幻的熱情於 1997 年 3 月自美返台。

科學研究少了我一人沒損失，科幻推廣少我一人，就少了
很大的力量。（金多誠，2000）

從這句話中可以感受到葉李華那種對於科幻的熱愛、執著與自
信。因此，繼張系國之後，相似的理工背景，同等的科幻熱情，
使得葉李華成為世紀末臺灣另一位重要的科幻推手。

葉李華回台後，積極地投入科幻推廣的活動中。1999 年 2 月
推出專業的科幻網站「科科網」，雖然該網站未能渡過之後網路
泡沫化的危機，但其間找回了許多老中青三代的科幻愛好者，對
於重新凝聚科幻勢力不無助益。之後，又分別於世新大學、臺灣
藝術學院、交通大學開設一系列的科幻課程，實現了科幻前輩呂
應鐘於 80 年代所呼籲的在大專院校開設科幻課程的夢想。2000
年 6 月葉李華又與「天下文化」合作，出版一系列的國外經典科
幻名著。2001 年於交通大學校長的大力贊助下，第一屆的「倪匡
科幻獎」成立，進而於交通大學設立臺灣第一個隸屬於學術機構

的「科幻研究中心」，邀請倪匡、張系國、李傑信擔任該中心的
榮譽顧問，並指導交大學生成立「科幻科學社」社團。

其次，葉李華也深知與媒體互動所產生的影響力不容小覷。
因此，廣播、電視、報章雜誌等都成為其宣傳科幻的重要媒介。[5]
如在 2001 年 4 月為了替「第一屆倪匡科幻獎」宣傳造勢，便於《中
國時報・人間副刊》以「科幻回來了」的標題推出「科幻專輯」，
包括了倪匡、呂應鐘、葉言都、張草、蘇逸平、葉李華等人的文
章[6]，以及於 5 月起邀請讀者參與撰寫「我所知道的科幻世界」小
品文。另外，亦於 6 至 8 月每月推出一場「科幻系列講座」[7]……。
倪匡曾在為「天下文化科幻系列」所寫的〈總序〉中提到當初葉
李華回臺灣推廣科幻前曾擬妥的三個努力方向：

> 一是有組織、有計畫地出版經典科幻作品，二是成立兼容
> 並包的中文科幻網站，三是在大學正式開設科幻課程。（倪
> 匡，2000：2）

---

[5] 據孫嘉芳訪問稿：「（葉李華）他上過許多廣播節目，只要是和科幻有關都
不推辭。其中包括中廣、臺北知音、飛碟、News98、教育廣播電台、中央廣
播電台、Poewr989、漢聲電台、正聲與新黨之聲。……廣播節目的確收到了
效果，漸漸地也吸引電視媒體，注意到這位科幻的幕後推手。九八年大地頻
道楊照主持的『大地藏無盡』，就作過一次科幻專輯；他也在東森電視台『發
燒人物』、公共電視台成英姝主持的『新閱讀時代』中受訪。『賴國洲書房』
甚至請他主持過一集。」孫嘉芳，2002，〈臺灣科幻文學幕後的推手——專
訪葉李華先生〉，《文訊》196（2002.2）：42-43。

[6] 其中篇章有倪匡〈一段科幻緣〉、呂應鐘〈科幻・網路・新感情〉、張草〈我
是被科幻餵大的〉、葉言都〈科幻心路手記〉、葉李華〈中文科幻獎回顧〉、
蘇逸平〈魔王、上帝、末日、撥接上網去！〉等篇。

[7] 講題分別為「太空探險與火星移民——科幻小說是一種科學預言」、「從大
滅絕到『侏羅紀公園』——探討物種的滅絕與新生」、「當相對論遇見超光
速飛行與時光隧道」。

出版經典科幻、架設網站、開設課程三項目標，一一地在葉李華的規劃及科幻愛好者的幫助下完成，從中看到葉李華這幾年來的用心與努力。

從以上葉李華逐步實現自己科幻目標的過程中，其中「倪匡科幻獎」的創辦，除了延續以往發掘優秀創作者與作品的文學獎意義之外，筆者以為若將「倪匡科幻獎」所代表的意涵置於整個臺灣科幻發展史脈絡上來觀察的話，可以發現一個明顯的價值觀變化。誠如本章第二節所言，臺灣科幻從 80 年代以來一直有兩個不同的發展脈絡，其一是以張系國為代表的主流科幻文壇，標榜的是「文以載道」的嚴肅科幻，而另一個脈絡則是為一般大眾所普遍接受的倪匡通俗科幻。雖然倪匡科幻對於臺灣讀者的影響力頗為深遠，但是，對於臺灣主流科幻文壇而言，倪匡科幻具有的價值意義卻是其從未認真注意過的。

然而到了 90 年代末，接續張系國成為臺灣科幻另一推手的葉李華改變了這一現象。葉李華曾不只一次地提到倪匡科幻對他的影響，甚至倪匡的支持更是促成他回台推廣科幻的重要動力。因此，在以往主流科幻文壇長期忽視倪匡科幻價值的前提下，葉李華以「倪匡科幻獎」的方式打破了長久以來臺灣主流科幻文壇對於倪匡的偏見，促使人們重新省思倪匡科幻的價值。在「第一屆倪匡科幻獎」徵文啟事的宗旨裡，便如此地說道：

> 為表彰科幻小說家倪匡先生之終生成就、提倡中文科幻創作與欣賞，並鼓勵華文社會之網路創作及互動，特設置「倪匡科幻獎」，於民國九十年舉辦第一屆。

這項宗旨可謂是臺灣科幻文壇首次對倪匡科幻做出最正面的肯定。因為以往當論者論及倪匡科幻時多不免持著負面的反應,然而葉李華在其策劃的「倪匡科幻獎」中,卻悄悄地轉變了倪匡原本的地位,尤其在以往科幻獎中未曾出現的「評論獎」中,更是明確地表示是以倪匡的科幻小說做為徵文的範本:

> 倪匡科幻評論以論說文形式,討論倪匡筆下的科幻世界、科幻人物或科幻理念。題目自訂,例如「衛斯理評傳」、「原振俠這個人」、「倪匡筆下的人性」、「倪匡科幻與X檔案」、「倪匡科幻中的生命科學」。

而決審委員楊照在其評論意見裡亦肯定了參加者「以豐富、專業的文學知識精讀倪匡,的確可以讀出不同的東西」[8]。於是,衛斯理等人的遭遇不再是荒誕無稽的冒險故事,而是成為富有「科學精神」的象徵[9]。因此,在二十一世紀初,長久以來被視為非主流、非正統文學的倪匡科幻透過科幻文學獎的舉辦而被「去污名化」了!

　　90年代初,臺灣主流科幻文壇自覺以往「文以載道」的目標束縛了科幻推廣的範圍,進而試圖有所轉變,尤以張系國多次的創作實驗最具代表性。而到了90年代末,葉李華則藉著「倪匡科

---

[8]　詳細決審會議內容請見「交通大學科幻研究中心」網站:
　　http://sf.nctu.edu.tw/award
[9]　葉李華曾於一次訪談中,面對「倪匡的作品是否有科學的精神?」的疑問時,葉李華答道:「憑衛斯理那種凡事追根究底的精神,這就算是符合了科學的精神了。」 丘德真,2002,〈臺灣科幻社群——葉李華解讀〉,《破週報》,193(2002.1.11-20):5。

幻獎」提升了倪匡科幻的價值，促使讀者、研究者「再發現」倪
匡。兩個發展脈絡的轉向，於二十一世紀初重新接軌成為一條日
後臺灣科幻新的發展路線，誠如葉李華所言：

> 張系國的作品犯了陳義過高，以致曲高和寡的毛病；倪匡
> 的作品則因市場考量，而過於通俗甚至媚俗。然而中文科
> 幻的潛在讀者群，卻很可能正好分佈在這兩者的斷層之
> 間。唯有取兩家之長、去兩者之短，才能寫出又叫好又叫
> 座的作品，才是中文科幻小說發展的正道。（葉李華，1998：
> 100）

「取兩家之長、去兩者之短」，此新的科幻價值觀正足以代表新
世紀臺灣科幻推廣者的新目標。然而，日後臺灣科幻小說是否會
如葉李華所預言的發展，便尚待時間的證明了。

二、熱鬧的科幻市場

2000 年 6 月，以出版「財經企管」、「心理勵志」、「科學
人文」為主要訴求的「天下文化」，在葉李華的策劃之下，推出
了兩位國外大師級的經典科幻小說：艾西莫夫（Isaac Asimov）的
《正子人》（The Positronic Man）及克拉克（Arthur C.Clarke）的
《3001：太空漫遊》（3001：The Final Odyssey），以此正式加
入臺灣科幻市場的經營。其在〈科幻系列出版緣起〉一文中便如
此說道：

選書方向以「提供讀者前瞻性的視野」為大原則。大師及
經典作品、新秀作家成名之作、古典科幻、前衛科幻都在
考慮之列;「軟硬兼施」:人性、幽默、反省、科學、幻
想等特色並俱。最重要的,這些書內容本身必須是「感人
的故事」,才能滿足讀者閱讀的樂趣(也才能讓一般讀者
接受科幻、進而愛上科幻)。除了科幻「小說」之外,本
系列也考慮囊括科幻作家傳記、科幻的評論與賞析等相關
書籍,以建立「全方位」的科幻系列。[10]

從大師/新秀、古典/前衛、軟/硬、小說/評論等如此涵蓋面
甚廣的出版計畫,可想見的是天下文化似乎意欲在科幻市場引領
風潮的企圖。之後,天下文化陸續出版了如海萊因(Robert A.
Heinlein)《滾石家族遊太空》(The Rolling Stones)、克拉克(Arthur
C. Clarke)《童年末日》(Childhood's End)……等等西方科幻
大師作品,雖然還未見到所謂全方位系列的出版,不過由於天下
文化的加入,無疑地將對臺灣科幻市場產生正面的影響。

　　至於其他出版社也趁著這股科幻風潮陸續加入科幻市場,如
「臉譜」更是出版了一套三大冊由金・史丹利・羅賓遜(Kim Stanley
Robinson)所著的每本高達六、七百頁的大部頭科幻小說「火星
三部曲」:《紅火星》(Red Mars)、《綠火星》(Green Mars)、
《藍火星》(Blue Mars),挑戰科幻讀者閱讀的深度。「棠雍」
為「地球戰場」科幻電影在台上映,出版了羅恩・賀伯特(L. Ron
Hubbard)的《地球戰場》(Battlefield Earth),另「小知堂文化」、

---

[10] 詳見「天下文化科幻頻道」網站:http://sf.bookzone.com.tw/

「輕舟」、「遊目族」、「新雨」、「宏文館」……等都加入國外科幻小說的引介行列中。

在華文科幻創作出版上，「成陽」以「讓幻想成為一種作家」作為號召，募集華文世界對科幻有興趣的年輕作家加入這次文類的創作，其中作家有洪凌「宇宙奧狄賽」、渡寒漠「天穹之翼」、席爾「永生之耀」等揉合科幻、魔幻的系列小說，及譚劍、陸恆、林歲、房宜男、六么小沈、胡金翔等人作品。另以出版大眾小說著名的「風雲時代」，也趁著這股風潮再次將倪匡科幻小說重新包裝出版，及出版作家蘇逸平以「星座傳奇」為主題的系列小說。這一波本土科幻小說的出版，可見的大多是屬於新生代的作品為主，而其預設讀者群也設定於一般大眾，與以往臺灣科幻小說出版著重在文學品味層級較高的讀者群有相當大的區別，其中出版意識的轉換，誠如「成陽」企畫者陳常智所思考的：

> 天下文化操作科幻小說金字塔中「最頂尖的那一塊」，頂尖下面的一大片空白怎麼辦？……成陽初期唯一能夠選擇的作法就是兼容並蓄，把「科幻」的光譜拉到最長，讓各型各類的科幻都包羅進來。……頂尖下面的斷層填滿了，才有可能進行下一步的沉澱、篩選與分類。（蘇惠昭，2000：16）

不僅是「成陽」有如此區隔的出版策略，其他出版社也或多或少抱持著相同看法，如何分食這塊科幻市場，尤其在講求多元化閱讀需求的時代裡，更需講求行銷與區隔，而這必然將促使臺灣科幻朝向更多元、更分眾方面發展。

　　其實從 90 年代中期以後，臺灣科幻小說的創作隨著大眾文化的興起及新一代作家的加入，已不能再以「文以載道」、「嚴肅」、「文學性」等價值觀將之涵蓋和區隔，因而呈現出不同以往的風貌。對於讀者品味有相當敏銳度的出版社而言，如何找出迎合讀者興趣的作品與作者，往往成為在規劃出版時必須考量的重要因素。對此，值得一提的便是由「皇冠」所舉辦的「大眾小說獎」。「皇冠」多年來深入經營大眾文化，對於大眾讀者文學品味有相當地瞭解，而其所創辦的「大眾小說獎」更是獨特於傳統文學獎，加入讀者導向的評選機制，在其徵文宗旨裡便如此宣言：

> 由皇冠文化集團特別舉辦的「皇冠大眾小說獎」，目的在發掘各種類型的「好看的好小說」。有別於以往所有的文學獎，皇冠大眾小說獎不但提供豐厚的獎金，更是有史以來第一個專注「讀者介面」，而非「專家介面」的文學獎，徹底落實「以讀者為尊」的理念！它也首開先例在決審揭曉前便先行出版五部入圍作品，由讀者直選自己心中的第一名，讓讀者第一次有機會表達不同於評審委員的意見。[11]

「專注讀者介面」的文學獎，使得獲獎作品更能貼近讀者的閱讀品味。以第三屆大眾小說獎而言，獲得首獎的張草《北京滅亡》、文旦《二四俱樂部》及決選入圍的徐曉晴《抉擇》這三部作品，皆是創意與可讀性相當高的科幻小說。《北京滅亡》以明朝天啟六年（1626 年）一件著名且神秘的「王恭廠爆炸」史實事件為主

---

[11] 詳見皇冠大眾小說獎網站：http://www.crown.com.tw/novel/

軸，跨古跨未來地建構出一部寫實與虛構相交融的懸疑科幻；《二四俱樂部》則以當前最熱門的基因研究作為想像的藍圖；《抉擇》則探討科學家之間人性及愛情的衝突，這些作品都獲得讀者高度的喜愛。當然，不論是一般作品或科幻創作，相信如此「讀者導向」的出版策略，將為其開拓大眾市場將是一大助益，而這也意味著作家在從事創作時則需有更多的讀者考量。

探討二十一世紀初這一波科幻風潮，除了之前所言與葉李華等人提倡有關之外，更不容忽視的是世紀末全球奇幻文學的盛行，也間接地帶動科幻出版熱潮。據報導，風靡世界各地的奇幻小說《哈利波特》是為世紀初全球出版界一大盛事[12]，多少讀者、作者受其炫麗奇特的魔法故事而加入奇幻的閱讀和創作行列中，而與奇幻同屬幻想性質的科幻，無可避免地將受其影響，至於奇幻對未來臺灣科幻創作和推廣是排擠或助益關係，則有待更進一步的觀察。

另外，90 年代末，學院對於臺灣科幻小說的研究也相對地熱絡起來，諸如清華大學中文所藍建春《黃凡小說研究：社會變遷與文學史的視角》碩士論文（1997）、東海大學中文所陳懍儀《少年科幻版圖初探——1948 年以來臺灣地區出版之中長篇少年科幻小說研究》碩士論文（1998）、師範大學國文所范怡舒《張系國

---

[12] 據報導，2001 年臺灣藝文出版盛事，奇幻小說成最受矚目之文類之一：「不過在景氣低潮時刻，國內書市真正的強心針，還是非『哈利波特』莫屬。七月初的第三集『阿茲卡班的逃犯』，首印量就刷下大手筆的五十萬本；十一月首集電影上映，更帶動前兩集的銷售量，目前哈利波特中文版一至三集總銷量已超過兩百萬冊。而挾著電影在歐美上映之勢，『奇幻文學』鼻祖『魔戒』三部曲也後勢看漲，預料這波魔法熱將繼續延燒到明年。」詳見 李令儀 2001〈2001 年臺灣藝文回顧／出版〉，《聯合報》，2001.12.29，〈文化版〉。

小說研究》碩士論文（1999）、南華大學文學所唐毓麗《平路小說研究》碩士論文（2000）、中正大學中文所林健群《晚清科幻小說研究（1904-1911）》碩士論文（2000）、文化大學中文所劉秀美《臺灣通俗小說研究一九四九至一九九九》博士論文（2001）……等。不論是從作家或綜論皆對臺灣或華文科幻小說有所探討，這些學院論文無疑地將加深後人研究臺灣或華文科幻的深度與廣度。其次科幻愛好者貓昌（林翰昌）所編纂的〈臺灣科幻全書目〉（1999），更是目前臺灣最為完備的科幻書目，是研究臺灣科幻不可或缺的重要參考資料。

回顧臺灣科幻小說從 60 年代到 90 年代末，三十餘年的發展，雖然比起整個臺灣文學史而言，發展的時間不算太長。然而由以上所述，臺灣科幻小說從 1968 年張曉風〈潘渡娜〉開始，至二十一世紀初眾多新生代作家陸續加入科幻小說的創作，以及學院和民間對於臺灣科幻小說的關注日益增多，除了代表受到更多人的注意之外，其實也正顯示了科幻小說在臺灣文學史上逐漸形成不容忽視的重要性。

參考書目

丘彥明記錄，（1981）1982，〈聯合報 70 年度中、長篇小說獎總評會議紀實〉，收入黃凡，《零》，臺北：聯合報社，頁 3-52。

史諾（C.P Snow）著、林志成譯，2000，《兩種文化》，臺北：貓頭鷹。

丘彥明記錄，1985，〈德先生、賽先生、幻小姐—— 一九八二年文藝節聯副科幻小說座談會〉，收入 張系國 主編《當代科幻小說選 II 》，臺北：知識系統，頁 209-256。

向鴻全，2002，〈科幻文學在臺灣〉，《文訊》196（2002.2）：頁 34-37。

吳金蘭，1994〈在科幻與文學的臨界點——「科幻小說獎」決審會議紀實〉，《幼獅文藝》1994.4：17-39。

呂堅平，1990，〈科幻與小說的比例——精靈古怪的葉李華〉，《文訊》59（1990.9）：113-116。

呂學海、呂維琴記錄，1983，〈科幻之旅——張系國與王建元談科幻小說〉，《中國時報》1983.9.29-30，〈人間副刊〉。

呂應鐘，1976，〈淺談科學小說〉，《中央日報》1976.10.2，〈副刊〉。

呂應鐘，1980，〈時代的文學——科幻小說〉，《綜合月刊》138（1980.05）：136-141。

呂應鐘（呂金駿），1979，〈讓科幻紮根——談大學應開設「科幻文學」課程〉，《明日世界》59（1979.11）：28-30。

李歐梵，1980，〈奇幻之旅——星雲組曲簡論〉，收入張系國，1980，《星雲組曲》，臺北：洪範，頁 1-9

林燿德，1993a、b，〈臺灣當代科幻文學（上、下）〉，《幼獅文藝》，1993.7：42-48；1993.8：44-47。

金多誠，2000，〈寧為科幻探險家——科學博士葉李華的另類抉擇〉，《中國時報》2000.7.9，〈人間副刊〉。

柏楊，1989，《早起的鳥兒》，臺北：躍昇文化。

洪凌，2000，《星石驛站》，臺北：成陽。

紀大偉，1996，《膜》，臺北：聯經。

倪匡，2000，〈總序：科幻天下〉，《正子人》臺北：天下文化，頁 1-2。

席柏薩克（John W. Silbersack），1998，〈一種充滿革命意味的文學——編輯科幻小說〉，收入齊若蘭譯，1998，《編輯人的世界》，臺北：天下遠見，頁 217-229。

張系國，1985，《夜曲》，臺北：知識系統。

張系國，1986，《七十四年科幻小說選》，臺北：知識系統。

張系國，1999，《玻璃世界》，臺北：洪範。

張系國，2001，《V 托邦》，臺北：天下文化。

張系國著、葉李華講評，1998，〈宇宙香爐——科幻小說風潮論〉，收入陳義芝主編，1998，《臺灣現代小說史論》，臺北：聯經，頁 300-312。

張國立記錄，1992，〈科幻獎外一章：科幻大對決〉，《幻象》6（1992.3）：98-103。

陳平原、夏曉虹，1997，《二十世紀中國小說理論資料》，北京：北京大學。

陳思和，1992，〈創意與可讀性——試論臺灣當代科幻與通俗文類的關係〉，《流行天下》，臺北：時報，頁 271-303。

傅吉毅，2002，《臺灣科幻小說的文化考察（1968-2001）》，中央大學中文所碩士論文。

焦慧蘭記錄，1993，〈二十世紀的潘渡娜〉，《幼獅文藝》480（1993.12）：14-17。

黃海，1970，《一〇一〇一年》，臺北：僑聯。

黃海，1979，〈科幻小說的寫作〉，《明日世界》54（1979.6）：26-31。

黃海，1981，〈黃海與鄭文豪的對談〉，《臺灣時報》1981.1.2，〈副刊〉。

黃海，1986，〈科幻小說答客問〉，《文訊》26（1986.10）：141-146。

黃海，1987，《鼠城記》，臺北：時報。

黃海（黃炳煌），1983，〈臺灣科幻小說初期發展概述〉，《大眾科學》4.6（1983.6）：19-22。

楊子，1999，〈科學小說〉，《聯合報》1999.11.8，〈副刊〉。

楊照，1995，〈四十年臺灣大眾文學小史〉，《文學、社會與歷史想像》，臺北：聯合文學，頁 25-69。

葉李華，1990，〈超人的幻象〉，《中國時報》1990.6.27，〈人間副刊〉。

葉李華，1998，〈開宗明義論科幻〉，《科學月刊》29.2（1998.2）：99-100。

廖咸浩，1996，〈完全逃逸手冊〉，收入 洪凌 1996 《魔鬼筆記——科幻、魔幻、恐怖、怪胎文本的混血論述》，臺北：萬象，頁Ⅰ-Ⅳ。

鄭明娳，1993，《通俗文學》，臺北：揚智。

顏元叔，1969，〈人類工程學——兼談〈超人列傳〉與〈潘渡娜〉〉，《大學雜誌》17（1969.5）：42-43。

關雲，1973，〈「新世紀之旅」評介——兼談文人對「科學」的誤解〉，《中華日報》1973.1.16-17，〈副刊〉。收入黃海，1975，《新世紀之旅》，臺北：照明，頁169-174。

蘇惠昭，2000，〈科幻小說出版在臺灣〉，《誠品好讀》4（2000：10）：16。

蘇逸平，1999，〈星際戰艦前進大未來〉，《聯合報》1999.7.12，〈讀書人周報〉。

第二章 宏觀視野下的變異軌跡
——方向論

　　由於科幻小說原是中國傳統小說中所沒有的類別，所以當臺灣科幻提倡者意欲引介此文類及文化時，首先面臨到的問題便是如何化解不同文化之間的鴻溝，即如何將西方的科幻概念轉換成臺灣讀者容易了解、進而接受的模式與意義；其次，科幻本身既有的通俗性往往成為無法進入主流文學的緊箍咒，因而如何提升科幻的價值，使其擺脫人們既定的觀感，則成為科幻推廣者不能不面對的問題；最後，隨著時代的變遷及新作家不斷進入科幻創作領域，世代之間的關懷面顯然呈現出不同的差異性。以上三點可說是影響臺灣科幻小說三十餘年發展方向的重要因素。對此，或可分別從「西化／中化」、「通俗／雅正」、「國族／性別」三組二元關係進行分析，以期從另一視角解讀臺灣科幻小說的發展過程。

第一節　從「西化」到「中化」

　　無庸置疑地，科幻小說是屬於外來的產物。早期臺灣的科幻提倡者試圖將屬於歐美的科幻傳統轉化成為臺灣文化的一部份時，必然面臨到因文化差異所帶來的接受問題。在轉譯的過程中，不僅是表層上語言轉換的不同，甚至更為深層是科幻在歐美發展已有相當的歷史，本身已累積一定的文化內涵，如何將這文化內涵傳達給臺灣讀者，以及選擇「何種內涵」作為其推廣主軸，勢必會影響臺灣讀者對於科幻的瞭解，尤其在早期臺灣傳播媒介不多的現實背景之下，提倡者的推廣策略更是成為臺灣科幻發展的重要關鍵因素。對此，臺灣科幻推廣者可說從兩方面來進行，其一是宣傳科幻小說的好處，其二則是再造科幻小說。

一、如何宣傳？

　　臺灣科幻界長期以來認為科幻小說未能受到普遍重視，其中一個相當重要的原因便在於「（科幻）它在正統科學家看來，卻是不科學的作品；在文學家看來，並不能算是純文學」的誤解看法（呂應鐘，1979：32）。雖然科幻小說橫跨了「科學」與「文學」兩大知識領域，理應受到科學界和文學界人士的重視，尤其在二十世紀由史諾（C.P.Snow）等人所呼籲的「兩種文化」之間應加強瞭解以消弭鴻溝的理念之下，科幻小說無疑是極佳的溝通方式之一，然而如此地特性不但未能成為其推廣利基，反而成為

兩方面不加重視甚至鄙視的結果。因此，臺灣科幻提倡者為了扭轉這樣的觀念，作了許多的嘗試。

針對科幻小說「在正統科學家看來，卻是不科學的作品」的想法，雖然科幻提倡者也明瞭科幻小說中的科學想像並不能與真實科學劃上等號，以及不能代替科學知識的傳播。然而為了要讓臺灣讀者接受外來的科幻文化，其中最方便也最有效益的，便是強調科幻背後所附加的「科學文化普及」益處。此舉使人們相信讀／寫科幻小說是具有正當性的，甚至對「國家民族」的未來發展亦有所助益。

在這樣的觀念底下，提倡者往往以為何以國外的科幻小說能夠如此發達，便是在於其科學文化的普及，可是反觀國內，由於中國文化長久以來對於科學的漠視，雖然在五四時期曾大力鼓吹效法西方科學，然而科學文化依然在中國無法生根，探究其原因莫不是知識份子或在上位者只強調技術層面的實用目的，而卻未能真正體會到科學精神培育的重要性，於是在惡性循環下，造成中國科學文化無法與歐美強國等同。因此，為了解決這種科學文化未能普及的問題，於 70 年代末創辦《科幻文學》雜誌的主編張之傑便認為提倡科幻對於形塑科學文化有一定的助益：

> 要做喚起民眾的工作，最直接、最有效的法門，無過於提倡通俗科學以及科幻文學。……通俗科學可以提高一般國民的科學水準，使非科學國民減少，科學國民增加。科幻文學可以提高國民對科學的向心力，使因文化傳統而引起的科學疏離感減低。（張之傑，1981b：6）

71

通俗科學（即所稱的科普）的提倡可以「提高一般國民的科學水準」，使人們具備基本的科學常識，而科幻文學則能「提高國民對科學的向心力」，消弭國人對於科學的疏離感，因此通俗科學與科幻文學對於某些推廣者而言，其最終的目的是殊途同歸的——即對促進國家科學技術的發展有相當地幫助。

其實，不難發現此論點似乎與晚清知識份子於引進西方「科學小說」時所抱持的用意相似，即希望藉由科學小說的推廣來達到「開民智」、「富國強兵」之效。不過，兩者之間卻仍有些差異。因為，在晚清小說家觀念裡，科學小說幾乎等同於科學知識或新知的載具，其目的希望大眾能藉由閱讀而獲得科學新知識。晚清小說家對於科學小說這樣的期待，至 1949 年後，中國大陸有很長一段時間承續了這樣的觀念。然而，對臺灣的科幻提倡者而言，卻不以為科幻小說必須承擔傳播科學知識的功用，而這也是臺灣科幻界共同的信念。不過，其仍然認為提倡科幻小說對於激發國人科學興趣、培養科學精神仍有一定的效用。因此，為了證明科幻小說的確對於科技發展有所幫助，以及讓讀者明瞭科幻小說並不全是荒誕無稽的讀物，所以此論者多津津樂道於科幻小說中科學預測成真的部份，諸如火箭、潛水艇、原子彈、複製人、機器人……等等，以此來證明科幻的正當性。

所以，如何將西方科幻傳統引進臺灣並讓大眾所接受，最有效、最鼓舞人心的莫過於訴諸「國家利益」的方法。在此提倡策略的邏輯下，可以看到是「科幻小說普及＝科學文化發達＝國家富強」的三段實用論。如作家後人（方大錚）所認為的：

　　科學幻想小說，儘是對人類生活改進的提示，故事的推演，
又充滿層次分明的邏輯推理，它因而成了造就「科學人口」
的功臣，使社會裏各方面都有取之不盡，用之不竭的「科
學人口」資源，進而推動了整個社會的科學發展。（後人，
1980：7）

或者如另一位科幻推廣者呂應鐘所期盼的：

　　如果我們的科技成就更為可觀；如果科學觀念深植國人的
腦海；如果科學成為每個人生活的一部份；如果大家都真
切領悟到二十一世紀是中國人的世紀；如果全國同胞都抬
頭挺胸，高瞻遠矚；我相信終有那麼一天，報紙上的連載
武俠小說會減少，換上的是連載科幻小說；我也相信會有
那麼一天，我們拍出闡釋天人意境的科幻電影；而電視上
也會出現科幻連續劇。（呂應鐘，1981：11）

因此，在提倡科幻有助於增加「科學人口」、深植「科學觀念」
的期許下，科幻小說的正當性被刻意彰顯出來，並以此來爭取大
眾的認同，駁斥「不科學的作品」的觀點。
　　其實若以此來綜觀臺灣科幻小說發展的話，不難理解此提倡
策略一直以來都是幫助臺灣科幻小說提升價值的重要「利器」之
一。甚至，興起世紀初另一波科幻風潮的葉李華，當初返臺推廣
科幻的信念之一，便是以科幻推廣科學精神為其職志：

做為一個科幻推廣者，葉李華最大的核心信念是：透過科幻推廣科學精神。因為科幻既熟悉又陌生的感覺，有無限的魅力，正是推廣科學精神最好的媒介。什麼是科學精神？就是有一分證據說一分話。而科幻就是以科學知識為地基。（金多誠，2000）

所以科幻並非「不科學的作品」，反而是相當「科學」的作品，「是以科學知識為地基」的，為今日培育科學人才的可行方式之一。對此，最為明顯的例子便是「第一屆倪匡科幻獎」及「科幻研究中心」能夠爭取到交通大學的贊助與支持。交通大學素以理工人才的培育聞名，因此，如何使其願意支持及認同科幻小說的推廣，正是基於「很多科學家、哲學家都相信，科幻小說為科技的創新提供了重要的驅動力」（吳鴻，2001）的信念。總之，強調科幻小說的科學普及效益遂成為臺灣科幻推廣者重要的方式之一。

另外，對於「在文學家看來，並不能算是純文學」想法的辯駁，提倡者則是以科幻小說與其他文學作品同樣具有「人文意涵」作為回應。不同於前述從科幻小說中的「科」角度來論證科幻小說對於促進科學文化有所幫助的論點，如何揭示出科幻小說的人文價值亦是某些提倡者推廣時的重點所在。對從科學價值觀點論述科幻小說重要性的推廣者而言，中國長久以來積弱不振、內憂外患頻仍的處境使得許多知識份子感到相當憂心，於是在科學救國的理想下，科幻小說對某些人的意義是來自於能促進國家科學的發展，進而使得國家富強興盛。所以，科幻小說對於他們而言是一種「救世」的工具。然而，對重視科幻小說中的人文意義的

提倡者而言，認為科幻小說和其他文學作品一樣，其真正的目的是在於如何反映人類所存在的現實，以及人的生存意義到底為何……等等人文問題。對於科幻小說中的科學到底是真科學或偽科學等爭論，其實並非是最重要的。科幻小說的真正價值並不在於科學可不可能成真，而是在於作家透過幻想虛構的情節，將人類生存在高科技時代裡的希望、恐懼、喜樂、哀愁……等人文意涵呈現出來，因此科幻作家為何要創作科幻小說，張系國認為：

> 是因為他們可以編出完全不同的宇宙和世界，不僅僅是趣味，也可以給人很多不同「理想的世界」或是「不理想的世界」（桂文亞，1977）

理想／不理想世界的呈現往往也是其他類型文學作家試圖表達的主題，而科幻小說只不過將其想像幅度放在更遙遠、更虛幻的時空，然而其出發點仍是人文價值。

　　尤其當科技時代的來臨，人類的世界觀、宇宙觀也隨之日益改變，對於充滿瞬息萬變的未來，一般寫實小說難免力有未逮，因此科幻小說遂成為應運而起的「時代文學」，科幻小說中的「幻」成為人類面對未來、適應未來的方式之一，「也許，科幻小說正可幫助我們瞭解各種不同的未來，使我們心理有所準備，能承受更大的考驗。」（張系國，1970：237）。因此科幻小說之所以會在現代社會興起，張系國如此認為：

> 神話是原始人的故事，對部落成員而言，神話能夠辨明其存在位置，當一個神話傳佈於眾口時，他們的生命似乎變

得更有意義了。對現代人來說，科幻小說發揮了部份類似
作用，所以說是現代人的神話。（呂學海、呂維琴，1983）

科幻小說與神話其中最大的相同點皆在處理人類對於未知領域的
想像，這種想像得以讓人類以更大的幅度去瞭解其生存的意義與
價值。誠如張系國在創作「城」三部曲所期望的：

> 科幻小說的人文意義，就我而言，乃是這歷史浪漫情懷的
> 再現。這麼說來，科幻小說的基本關懷，其實仍是人的處
> 境。（張系國，1991：204）

由此，可以看到科幻小說與其他文類的終極關懷其實是殊途同
歸的。

另外，如詹宏志也曾對臺灣科幻小說家及提倡者呼籲說，科
幻小說並不只是一種「科學異想」或「想像科學」，科幻小說始
終離不開人生、基本人性、或人所生活的社會，所以「不管是『美
麗新世界』、『一九八四』或其他重要科幻作品，人文精神才是
他們的主題，『哭泣的先知』才是他們追求的目標」（詹宏志，
1981）。或者王建元亦指明科幻小說並非逃避文學，一般大眾對
於科幻小說是逃避文學的想法是錯的，「科幻小說絕不逃避，有
些甚至全然為了社會問題而寫，⋯⋯本質上創作過程也和文學創
作沒有兩樣」、「事實上科幻小說非常強調人性，可是平常人一
看到講機器就覺得它非人性，那並非科幻小說的重心」（呂學海、
呂維琴，1983）或如戴維揚也曾說道：

> 科幻小說最終的目的，還是「關懷人生」，盼望由此帶給
> 人類更光明的前途。（丘彥明 1985：218）

因此，科幻小說的價值仍然在於如何去彰顯其人文精神。就這一
方面而言，何以能稱科幻小說不能算是純文學呢？

　　綜合上述，科幻提倡者分從科學與人文兩方面論證科幻小說
的價值，以此希望獲得大眾的認同，而在臺灣科幻發展三十餘年
間，透過相關論述、創作等或多或少也扭轉一些負面的觀感，使
大眾更加瞭解科幻本身的內涵。尤其近年來，隨著創意文化觀念
的流行，將「幻想」轉為「創意」，似乎也成為推廣科幻小說的
新途徑。如張系國便曾說到，在這講求創意的時代裡，該如何激
發學生的創意：

> 我們應該可以認真思考設計「科幻與創意」的通識課程，
> 用科幻小說來激發學生的創意……不僅對於工科生，對於
> 理科生和文科生，這樣的通識課程也許同樣有趣又有用。[1]

將科幻換上了「創意」的外衣，科幻成為創意文化風潮下的另一
個被期待的媒介，對科幻推廣者和張系國而言，這或許正是世紀
初推廣科幻再起風潮的一個重要契機。

---

[1]　張系國，〈科幻與創意——文學咖啡屋網路創作競技揭曉〉，《文學咖啡屋
　　——網路創作大競技》（http://www.cs.pitt.edu/~chang/scifi/cafe/result.html）

二、如何再造？

科幻小說興起於工業革命之後的西方國家，因此深受西方傳統文化的影響，但是對於不熟悉西方文化的臺灣讀者而言，文化上的隔閡可能造成閱讀上的疏離，所以常可見有許多論者，大聲疾呼希望能創作出屬於自己風格特色的科幻小說，而非永遠只能閱讀翻譯作品。

關於如何再造科幻小說，許多人曾提出相關的意見，如後人（方大錚）便曾認為因國內當時的文化環境無法達到如歐美國家那種科學普及的程度，所以他主張在考量傳統文化背景與社會意識形態之下，應推廣經改良後的「科學寫實小說」。因為歐美科學幻想小說之所以普遍流行，最重要的原因便在於其有廣大的「科學人口」，但反觀當時臺灣社會尚未有成熟的「科學人口」，因此對於科學幻想往往無法接受，甚至斥之為荒唐，所以若提倡太過著重幻想的科學幻想小說，勢必不能獲得臺灣讀者的認同與喜愛。而「科學寫實小說」創作要點有三：一、「基本假想方面，不能太玄」，因為國人的「科學細胞」不發達，對於太過前衛的想像，可能無法接受，所以基本設想盡量要符合或者接近現實；二、「推理方面，絕對不能太緊」，不然科學知識未達一定水準的讀者可能對太過繁瑣的推理無法理解，進而排斥之；三、「人情故事方面，絕對要合乎我們自己的胃口」，因盲目套用歐美文化的科幻小說，容易讓人產生「造假」的觀感（後人，1980：13-16）。基於此，後人便以當時相關時事及科學事實作為想像底本，創作出《南極光》短篇小說集。

　　又如張之傑認為寫出具有「民族風格」的科幻小說應是臺灣推廣科幻的重要方向。其方法便是「減少『科』的成分，盡量少走『機關派』的路子」，因為「科」往往成為讀者排斥的元素，所以降低「科」的重要性，將有助於吸引讀者的興趣。其次，「增加民族風格，使讀者意會到：這是中國人的故事，讓民族感情去淡化人們對科學的抗拒心理」（張之傑，1981a）。對於科學文化尚未普及的臺灣社會而言，以讀者較為熟悉的中國文化作為故事背景或主軸，則比較容易被接受，進而消弭讀者對於科學的抗拒感。

　　另外，如戴維揚認為本土作家創作時可向中國神話取材：「我覺得，我們要中國的科幻小說發達，大可借用中國的神話，這樣比較能接上我們的傳統。」（丘彥明，1985：236）；或如楊萬運提到可從中國古代的幻想小說中尋求靈感：「中國幻想小說很多，……如我們能仔細的把中國的幻想作品整理一下，或可用來做將來發展我國科幻小說的資料。」（丘彥明，1985：244-245）；而另一位重要的科幻推手葉李華亦認為臺灣科幻如何形成自己的風格，向傳統文化取材是可行的方向之一，「在中國傳統典籍中，有許多想像力豐富的構思，可以為科幻提供極佳的靈感。只要將玄學幻想稍微改頭換面，立刻就能轉換成科學幻想的素材。」（葉李華　1998：311），這些皆是論者試圖為臺灣科幻小說尋求與中國傳統文化結合的意見。

　　而在臺灣科幻小說創作及提倡上具有決定性人物的張系國則認為科幻小說未能普及的原因，不外乎缺乏具中國意識的奇幻因素，以及「還沒有自己的科幻語言；一套約定俗成的科幻辭彙，以及建築在這辭彙上的概念」（李鹽冰，1986）。並以武俠小說為例，指出讀者對於情節中某些不合邏輯之處何以能不產生排斥

心理，即在於整個閱讀過程已由一套武俠辭彙和概念所涵蓋，在如此的閱讀氛圍之下，讀者可以輕易地接受作者所設定的各種假想。因此，同理而言，要讓科幻能被臺灣讀者廣為接受，也必須要設法創造出屬於自己獨有的科幻語言和科幻意識，而從中國固有的傳統文化尋找素材，似乎是創造出中國風味的科幻小說的一項可行的途徑。至於該從何者傳統文化著手以與歐美科幻作為區隔，張系國則認為中國傳統文化中的「情」與「義」或可作為創作者的書寫方向：

> 中國社會現實的約束太多，講禮教、講這講那，所以你看武俠都是講究情義，要求突破現實社會的約束。情義的理想在中國維持最久，假如有突破性的科幻作品，一定也會跟它結合起來。（呂學海、呂維琴，1983）

因此，若本土科幻小說創作可以從讀者較為熟悉的「情與義」傳統入手，一方面可以消弭讀者的排斥心理，一方面亦將突出本土創作的特色。對此，張系國本身從《星雲組曲》起，便一直在嘗試著將傳統文化的元素融合進其科幻創作中，甚至歷經十年撰寫的《城》三部曲更是以「試驗撰寫中國風味的科幻小說」（張系國，1983：227）為其主要創作動機，期許建構起不同於西方文化的科幻世界。

然而，對於科幻小說是否要加入中國人所熟悉的情義概念，大陸學者陳思和則抱持不同的看法，其認為張系國於科幻創作中試圖融入了中國文化特有的情義傳統，無疑地破壞了科幻獨特的美學，是一種「向讀者胃口遷就的一種策略」：

「情」與「義」本是中國傳統文化中人倫關係的核心，也
是中國人思維模式中最習熟的文化語碼，科幻小說一旦溶
和了情義傳統，它的陌生化效果頓失，科幻的色彩也隨之
淡化。（陳思和，1992：296-297）

然而，筆者認為這也正表現出張系國亟欲創造出不同於歐美科幻
風格的意圖，試圖建立起臺灣科幻獨有的特色，因為歐美的科幻
小說有其文化的背景，若是將其文化思想型態強加於臺灣科幻
上，對於本土科幻的真正植根與發展，無疑是有害無益的。

總之，如何在模仿學習歐美科幻之後創作出具有「中國風味
的科幻小說」實為其推廣本土科幻最重要的方向，也是爭取讀者
認同的方式之一，而這個課題也時時縈繞在每一位科幻提倡者及
創作者心中，成為其畢生努力的目標。

第二節　由「通俗」而「雅正」

在第一章裡，曾指出臺灣科幻小說的發展自 80 年代起，可將之區分為二條脈絡：一條是以張系國為代表的嚴肅文學路線，而另一條則是以倪匡為代表的通俗路線。如之前所述，臺灣本土科幻創作者自始都自許不落入通俗路線，而以嚴肅的態度來從事科幻小說創作，因此，正由於臺灣科幻創作者如此的自覺，使得臺灣科幻小說在文學史上的意義較高於武俠、言情等通俗文類。如是，值得注意的是，臺灣科幻提倡者是以何種的方法將科幻小說的價值提升呢？換言之，臺灣科幻提倡者是如何將科幻小說由「通俗」地位提升到「雅正」的層次。其中或可從兩個方面進行解釋，其一是科幻提倡者以「科學興國」為號召，試圖與武俠、言情小說等次文類在性質上做出廓清的區別，也由於這項舉動，將科幻小說從消遣娛樂的功用提升到富有「教化」的意涵；分別透過 80 年代興起的科幻運動和 90 年代末由葉李華所主導的科幻風潮等具體行動來證明科幻的價值。其二則是與科幻創作者自覺的「文以載道」藝術觀有關。

一、科幻 ≠ 消遣娛樂

承上節所述，可以知道在臺灣科幻小說發展的初期，臺灣科幻提倡者認為科學文化與科幻小說具有密不可分的關係，因此基於「科學興國」的心態，強調科幻小說中的幻想對於促進國內科

學文化發展有一定的助益。然而，當他們發現人們將科幻小說與當時流行的武俠、言情小說等次文類旋風相提並論時，不免使他們感到相當不安，因為或許正由於社會大眾將科幻小說與武俠、言情小說裡的幻想相等同，所以才造成大眾對於科幻小說的誤解。因此，為了以示區別，於是提出武俠、言情小說中的幻想是屬於「虛無縹緲」的幻想，其對於國家社會並無多大的益處，充其量只能滿足一時的想像，暫時逃避現實生活的緊張而已。誠如作家後人指出武俠小說雖為當時社會風靡之讀物，然而其幻想卻對於增進國家利益無甚幫助：

> 武俠小說裏的各種幻想，對人們日常生活的改進缺乏提示，以及武俠小說的推理步驟，對訓練人們科學上的思想邏輯，缺少積極功用，這是很清楚的。「科學人口」的增加，不能用多讀武俠小說來促成，真是件遺憾的事。（後人，1980：11）

然而，科幻小說的幻想正如呂應鐘所言的，「它是一種無害的幻想，不會引導人們誤入歧途，不像脫離現實的文藝小說，也不像不俠不義的武俠小說，科幻文學能反映一個國家的科技水準，也能引導人們的科學思想」（呂金駿，1979：8），所以科幻小說裡所包含的幻想層面是具有正面性意義的。

> 它不僅觸發人類的想像力，更造就不少日後的科學家。（呂金駿，1979：32）。

就像太空船、原子彈、機器人……等等的科技發明，其實早在科幻小說家的幻想中實現。所以科幻小說中的幻想成分對於現實科學是有相當幫助的，而非只是逃避現實而已。

其次，隨著日益擴大的科幻定義，所謂科幻小說中的「科學」元素也延伸至社會科學、人文科學等方面，因此對於未來科技文明的反思更是成為科幻小說一項重要的功用，透過科幻小說的想像，可以達到警世的功用，使人們在面對未來衝擊時能迅速地應變。就此而言，科幻小說可謂是具有相當積極的價值意義，而這也就是科幻小說與武俠、言情等「逃避現實」的文類不同之處。所以，就如作家黃海所言：

> 科幻小說絕不能以譁眾取寵、離經叛道來爭取讀者，它要代替武俠小說，在積極的意義上應該是一種引起高尚興趣的競爭而不是消遣式的麻醉取代。（黃海，1984a：9）

如此針對武俠、言情小說中脫離現實的幻想所做的釐清，其實正是科幻提倡者試圖擺脫科幻小說通俗評價所做的努力。然而弔詭的是，一些科幻提倡者也明瞭武俠、言情小說之所以受到大眾的喜愛，基本上正是由於它們符合了某些中國人熟悉的文化。因此，為了增加讀者群，或許仍可效法武俠、言情小說等其他特質（如前所言張系國所主張的情義傳統），如此順著大眾口味的創作或能使科幻更貼近大眾，不過前提是仍須避免武俠裡的誇張武功、血腥復仇，言情中矯揉造作情感等情節。

擺脫科幻小說消遣娛樂的觀感，除了與一般通俗讀物作區隔外，在科幻作品的篩選上，也是科幻提倡者另一項重要策略。即

針對原本科幻小說便有的通俗娛樂性質，如機器人大戰、外星人入侵……等怪力亂神的情節，對於科幻提倡者而言，認為此類科幻情節並不是理想中的科幻，真正的科幻應該是能夠發人深省的，如赫胥黎的《美麗新世界》或克拉克的《二○○一：太空漫遊》般的科幻小說，所以在學習模仿創作科幻時也應該以此為典範，因此在科幻提倡者的篩選之下，可以看到的多是赫胥黎、歐威爾、艾西莫夫、克拉克……等經典作品被引介入臺和重點強調。

　　而在中文科幻創作上，雖然在 80 年代，倪匡科幻小說在臺普遍流行，一度讓大家對於能以中國題材寫出精彩科幻小說的倪匡頗為讚賞，可是當故事中強調冒險、懸疑的相同模式一再地重複出現，這時，不免讓科幻提倡者感到疑惑：屬於中國／臺灣的科幻應當是如此的嗎？如此那又何異於西方那種冒險式的太空歌劇科幻小說？因此，對於倪匡科幻小說的通俗性，臺灣本土的作家基本上是不認同的，如黃海所言：

> 至於廣受大眾歡迎的倪匡，他的作品揉合了偵探、玄秘、怪異、幻想或科學幻想，自成一格，屬於通俗大眾派的科幻，倪匡寫的大部分是「追尋為什麼」模式的科幻小說。實在說，嚴肅的科幻小說探索的是「怎麼樣」。（黃海，1986：145）

於是臺灣科幻界試圖與倪匡式的科幻劃清界線，重新定義本土科幻的屬性，而興起於 80 年代的科幻運動，則成功地扮演了提升科幻小說價值的角色。誠如上章所言，張系國等人於 80 年代以「知識系統」為中心，積極地出版科幻書籍、籌設科幻文學獎等，這

些對於改變大眾對科幻小說的看法有莫大的幫助。甚至，藉著科幻文學獎的機制扭轉社會大眾的「科幻＝倪匡」迷思，因此，在張系國等人的主導之下，強調「人文精神」的嚴肅科幻得到相當高的推崇，甚至成為臺灣科幻創作的重要主軸。

　　不過，值得玩味的是，到了 90 年代末，曾長期被摒除於正統科幻文壇的倪匡，藉由葉李華的推動，促使人們重新從他的作品中挖掘出新的時代意義，換言之，再次詮釋倪匡科幻的價值，究其原因，除了葉李華大力的推薦介紹外，講求創意的時代氛圍或許也扮演關鍵的角色。因為，世紀末興起的「創意觀念」風潮已成為科幻提倡者推廣的新載體，以往人們認為幻想是不切實際的，但如今鼓勵幻想卻有可能成為創意的來源，而創意正代表著無限的商機，因此科幻在創意風潮下尋找到另一價值提升的理由。

二、「文以載道」的藝術觀

　　張系國曾將西方的科幻小說分為兩類：「機關佈景」派及「文以載道」派，其中「機關佈景」派就是「在搬弄各種科學機關利器，再湊上一個故事」，「寫機關佈景派科幻小說的一字訣是『奇』」，因此，若是作品中無深刻的意涵，往往這些作品「開始時或許覺得新鮮有趣，不久也就厭煩了」；而「文以載道」派則是：

　　　　著重描述未來社會和未來社會中的個人，對機關佈景的描寫只是為了陪襯或製造氣氛。文以載道派的作家多半對現在的社會狀況有所不滿或擔心這社會將會走到他所反對的

方向去，因此故意將他所不滿或反對的社會狀況加以擴大渲染，筆之為書，以警惕世人（張系國，1970）。

其實，臺灣科幻創作一直都可以說是所謂的「文以載道」派。這其中或許有「科學不如西方發達」的感慨，然而筆者認為更多是臺灣作家對於人文精神的依戀，促使著他們必須「文以載道」。如從事科幻創作多年的黃海便一直在鼓吹要以嚴肅的態度來創作科幻小說：

> 科幻作者蛻化熾烈狂放的想像力，向文學靠攏，向人生藝術造境，深挖人性的本質，對文明做深刻的反思，褪除了科幻或科學的外衣，以真實的想像為主軸，在虛幻中構建現實，反思人生，科幻小說就可以解除「科幻」的魔咒，解除它被視為「通俗或流行」的色彩，成為另一種純文學或主流文學，而並非「幻想」。（黃海，1996：10）

而檢視黃海的作品，不論是從最早的作品《一〇一〇一》到《鼠城記》，其實都不難發現黃海本人對於社會、國家、世界的關懷。藉著科幻的形式，表達出作家對於未來科技文明所可能帶來的災禍而憂慮，其《文明三部曲》甚可說是「警世三部曲」。

另外，雖然張系國早期曾指出：

> 科幻小說畢竟還是以說故事為主，放入太嚴肅的主題，就破壞寫科幻小說的樂趣了，對於嚴肅的主題，我寧可用一般小說形式來表現（桂文亞，1977）。

不過到了 70 年代末後他的寫作重心卻開始漸漸往科幻小說發展，進而推動臺灣科幻小說的成長，這之中的轉變，當然並不意味著他已不再對嚴肅主題的關心，而或許是希望藉著另一形態的表現方式來詮釋人的過去、現在與未來。或許從之後張系國的科幻創作中，都在在顯示張系國的科幻小說並不單單為「樂趣」而作，實有其蘊含的深意在裡頭。而這些都可以從《星雲組曲》到「城」三部曲，甚至一些較輕鬆的科幻小品《夜曲》、《金縷衣》、《玻璃世界》中，看出張系國努力將科幻小說「文學化」的過程。

另外，像黃凡也曾明確地指出自己在創作科幻時，便是「藉著科幻來表達我一些嚴肅的想法」（丘彥明，1985：224）。再者，如《新世代小說大系・科幻卷》中，編者們雖然對於資本主義中「科幻文學品味愈來愈不重要，讀者要求的是故事精彩熱鬧、佈局奇特、不管思想空洞或是內容千篇一律」（黃凡、林燿德，1989：12）感到憂心，不過他們還是願意去相信科幻創作其實可以有所深度，發人深省的。而近來新生代的作家更是藉著「情慾」的書寫表現出其強烈的文學意圖。因此，正由於如此自覺藝術觀，所以讓臺灣的科幻創作者走出了不同於倪匡通俗娛樂的路線。

第三節　自「國族」至「性別」

　　在一般人的印象中，科幻小說多半只是荒誕無稽、胡思亂想的「消遣性讀物」，能不能冠得上「文學」這名詞，也就眾說紛紜了。不過針對批評科幻小說是不切實際、逃避現實的說法，對於喜愛科幻小說的讀者而言，恐怕並不全然認同的。當然，劣質、膚淺、娛樂性的科幻小說是存在的，而且還為數頗多，不過優秀的科幻小說仍是不少，雖然在科幻小說裡出現的環境可能是外星球、失落世界，使用的物品是太空船、雷射槍、電腦、時光機器，出場的人物是外星人、複製人、機器人……等等千奇百怪的人事物，這些全部都可能是科幻小說作者所慣用的手法，然而，誠如論者所言，這全是一種科幻小說獨特的「陌生美學」使然：因為陌生，所以產生了新奇感；因為陌生，所以可以跳脫既定的價值框架，有了不同角度的審視；因為陌生，世界可以有所不同[2]……不過，陌生的基礎還是來自於現實社會的想像，也就是因為如此，所以仍有許多科幻小說創作者依然藉著科幻小說的形式，曲折地訴說著他們對於所處社會環境的感受。因此，如果說一個時代的環境狀況必然影響作家的創作態度以及關懷層面，那麼每個時代的時代氛圍也就可能在作家的文本中找到一些脈絡。因此，如何

---

[2]　張系國認為科幻小說的陌生美學，其意義就在於「把世界除掉標籤，原本熟悉的世界就變得陌生而新鮮。科幻小說所追求的美麗新世界是各美麗的陌生世界，因為陌生所以有獨特的美感，這是科幻小說勝過一般小說的地方。」（張系國，2001：174）。

去挖掘作家文本中所富含的時代意義或許可以借用文學社會學中
有關「世代」的概念來說明之。

至於該如何界定世代之間的區隔，筆者則將之區分為三個世
代，其中大致可分別為前行代（40 年代至 50 年代中期出生）、
中生代（50 年代中期至 60 年代中期出生）及新生代（60 年代中
期以後出生）等三個世代作家，以此來分析各世代之間不同的創
作風貌。

一、前行代

70 年代初期對於臺灣而言是一個動盪不安的時代，如退出聯
合國（1971）、海內外青年知識份子的保釣運動（1971）、中日
斷交（1972），整個大環境充滿不確定的變動，因而對於生活於
其間的人們勢必造成相當程度的影響。

誠如之前所言，在這個「科學興國」的時代氛圍底下，科幻
小說雖然並不負擔傳播科學知識的功能，可是卻在某些提倡者明
確的提醒下成為「時代的期許」。所以有論者以為就是因為這種
愛國的期許，遂強調科幻小說中科學的重要性，因此所呈現出來
的作品便成為「科學性第一，邏輯性其次，文學性又其次」（方
以庸，1986）的藝術表現。而此可以作家後人的作品集《南極光》
來說明之，誠如後人自己所言的適合中國現在局勢所需的類型並
非科學幻想小說，而應該是「科學寫實小說」，所以在此小說集
中，後人在每一篇故事之前都附有一小段科學的解說，如在〈長
生不老〉一文中，作者如是說：

> 隨著科學進展，基礎醫學近來的進步是快速的。各種新型
> 的電子醫學儀器不斷地出現，高容量快分析的醫學電腦系
> 統，向各醫院和診所湧進，它們都對基礎醫學造成沖
> 擊。……長生不老，是醫學最崇高的理想，在邁向這理想的
> 途徑中，基礎醫學和電子醫學所扮演的角色是什麼呢？下面
> 的故事，是作者對這些問題的答案。（後人，1980：18）

此故事用了近二分之一的篇幅來說明「人類預體」的概念，因為
要給予不懂醫學的讀者能有清楚的概念，所以故事主角吳海華博
士便「說得非常淺顯簡單」，而所謂的「人類預體」也就是「預
備用的身體」，「人的任何器官壞了，都可以換新，從此長生不
老」，至於「基礎醫學」與「電子醫學」的紛爭，作者也藉由主
角明確地指出：「各種電子儀器、計算機以及電子醫學裏的統計
理論，可以用來為研究人員分勞，而不能為我們研究人員代勞」，
表達出作者的創作意向。如此的「科學寫實小說」其實所欲傳達
的「教育」的目的是非常強烈的，因此作者往往會在不知覺中引
用一大段科學的理論做為說明，以致相對地降低了本身文學藝術
的經營。然而也不能全盤地否認其時代價值，因為在故事的背後
可以隱約地感受到作家對於現實的某種期盼。

　　再者，因為這一輩的作家在成長的過程中經歷了動盪不安的
局勢，所以促使作家們對於國家民族的現狀感到憂慮，進而將其
希望投射到未來。「二十一世紀是屬於中國人的世紀」的期盼正
或多或少地表現在科幻小說創作者的筆下世界。就以黃博英創作
的〈飛碟夫人〉為例，在未來，整個世界在經過戰火的摧殘下，
此時中國古老的仁愛傳統終於發揮了效用，使得人類終於痛定思

痛，都不再有紛爭，不再有國家民族的仇恨存在，進而促進了世界的大同：

> 地球在數不盡的過去與將來的時空裏，是「龍的傳人」的最重要的根據地。不論在「大同星座」，或更遙遠的星際，只要是「龍的傳人」，最後總會回到「龍的老家」。在浩瀚的時空中不停的穿梭與奔忙，「龍的傳人」應憑「天行健，君子自強不息」的信念，邁向「世界大同」的目標。（黃博英，1981：74-75）

而在另一位科幻作家黃海的筆下，更是透過一個旅遊星際的探險員道出其內心對於中國與臺灣未來的想像：

> 他曾在巨型人造衛星太空站上俯視大地，看見中國大陸與寶島臺灣，亮麗誘人，古老的中國文明曾經一蹶不振，終於在一陣發憤圖強後，重新創造了更進步的文明。……他還是喜歡地球，他懷念那一次的中國之旅，愛好自由和平的中國人民，以他們的智慧和鬥志，經過一度劇烈的改變後，多少世紀以來的不斷努力，已把中國建設成一副全新的面貌。（黃海，1984b：11）

甚至冀欲以幻想形式擺脫寫實框架的張系國也透過小說表露出其對於中國的未來有無限的期待：

明天是二〇一一年元旦，也是中華聯邦締造十週年慶
典。……在十年前的元旦，中華聯邦以簇新的面貌，在亞
洲大陸出現。孫中山先生民有、民治、民享的偉大理想，
終於完全實現！（張系國，1980：12）

在如此對於國家民族未來的深切期盼下，作家們以科幻的形式不
斷地再現了「國族」這個龐大的符號，在「國族」的名義之下，
個人的聲音是微弱低迷的，其所為了成就的則是屬於「整體」的
國族意識。

此外，此輩作家也常以「浩劫後」的主題來呈現其對於現實
世界裡國與國、民族與民族之間紛擾的憂慮，而此類的主題多半
始於人類的貪婪無知，好戰鬥狠的自私心態，因此最後導致了人
類陷於滅亡的危機。不過，在人類自食惡果之際，總是會有一些
人在深切反省後，「盡棄前嫌」的共同攜手打造另一個新的世界，
而這個世界則是充滿著「浴火鳳凰」般的美麗前景。此類作品可
以黃海的「文明三部曲」為代表。據黃海自言，在「文明三部曲」
中，其貫串的主軸意涵是：《鼠城記》描寫「一個城市的興衰」，
而《最後的樂園》是「一個國家的興衰」，及《天堂鳥》是「一
個星球的興衰」。至於其之所以會寫作「文明三部曲」是因為：

未來文明是禍是福縱然操縱在現在人類手裡，科幻作者絕
對有責任提出他的看法，或憂慮或警告。科幻小說惟有對
文明關切反省，才有它深刻永恆的意義（黃海，1987：6）。

當然，「浩劫後」本是科幻小說的眾多母題之一，後輩作家仍會有人繼續使用這母題，不過不同的是多半將其退後到純「背景」的設定上，會有如此輩作家重視關懷，甚至寄予厚望的，相對而言並不多。

前行代作家對於國家民族未來的深切期盼，藉由其筆下的幻想世界，投射出一幕幕對於中國未來的想像，若以李歐梵評張系國科幻小說時所言「中國情結」對其作品的影響，那以此說法來涵蓋此前行代一輩作家，當差之不遠。或許其科幻作品中所流露出來的情感正如張系國筆下銅像城裡的「銅像」一樣，「國家民族」的圖騰意義在這一輩的科幻作家裡無止境的擴大，對他們而言，國家民族的未來深深地吸引他們的注意：

> 古城陷落的一幕如夢魘般緊隨著王辛。他無法專心工作，一閉上眼睛，金光閃閃燃燒著的索倫城就出現在腦海裏。他一次又一次溜到安留紀去觀看古城的陷落。起初他僅是旁觀者。但他對古城的感情越來越濃，竟無法制止不參加索倫城的防禦戰。（張系國，1980：137）

科幻作家如同主角王辛一般，對於銅像城的愛戀正如對於國族期盼一樣強烈，對其濃烈的感情，終使得此輩作家始終無法置之不顧，甚至興起「救亡圖存」的「鄉愁」情懷。

二、中生代

　　相對於老一輩的作家可能經歷過戰亂紛擾，顛沛流離的處境，於 60 年代中期出生的作家可說是在臺灣經濟起飛、生活安定的情況下穩定成長的一代，但是當到了 80 年代他們崛起時，臺灣已經隨著經濟的發展，政治、文化、社會上都漸漸顯露出弊病來，因此可以明顯的發覺是，新一代的科幻作家們的關懷已漸漸將焦點從國家民族等大局面轉移至自己生存環境的描寫，其中尤以政治、消費社會興起的關懷為其顯明的特色。換言之，中生代比起前行代而言，脫離了浪漫式、理想式的科學想像與世界觀（代表世界大同、和諧美好），而更專注於威權體制（大一統體制）對於個人的箝制。或可說從科學神話的嚮往進入政治經濟神話的批判。

　　就以張大春的〈傷逝者〉而言，國家機器所強加給人民的主導文化對於個人的束縛是如此地巨大，在如此的時代氛圍底下，個人的存在是多麼地渺小與充滿著無力感：

> 他很快的發現：自己之所以不願意積極從事刺案線索分析的理由其實十分簡單──陌生的故鄉、陌生的逝者以及陌生的兇手都會讓他一再陷入一些他以為再也找不回來的記憶；一旦當記憶真的呈現，又猶如映象體裏空虛的幻影，逼近到視力最清楚的極限便行消失。時間在此死亡。凡活著的，都還在大局的管制之下。（張大春，1985：66）

雖然故事中讓偵查員在這樁謀殺案中看似擁有極大的權力，可是這權力的來源卻來自於交雜不清的政治紛爭的結果，一種「還在

大局的管制之下」的無力感也透露出個人在這場政爭之中的無能為力，而能作的也只是在「顧念大局」的整體壓迫下，偷偷地「嘗試自憐」罷了。

而林燿德的《時間龍》更是透過多方勢力無止盡的爭權奪力等情節，將國家機器與新興企業中有關權力慾望糾葛的醜態清楚地畢露出來。黃凡的〈上帝們──人類浩劫後〉則是藉由一個地球人的經歷，娓娓道來外星球政治風暴，呈現出政客爾虞我詐，為求利益不擇手段的自私心態。

另外，相對於〈傷逝者〉、《時間龍》對於政治的批判，黃凡〈皮哥的三號酒杯〉與平路的〈驚夢曲〉則是針對日漸龐大商業體制的一種反省。如〈驚夢曲〉中，一位因「飛機事故」而深埋於密西根湖底的臺灣旅客，終於在另一個新世紀「太空紀元」中被未來的人類所「救」（撈）起，在經過一陣修補後甦醒過來：

> 他慢慢回過神來，好奇地看著鏡子裏的自己，濃密的頭髮、晶燦燦的眼珠、配上胸肌、胸毛……他知道有些是移植的、有一些則是外科手術填充進去的，還透著嶄新的硬札。（平路，1985：189）

然而，在未來的文明裡，所謂的「文明秩序」便是以「區域分工」為基礎。而當他記憶起自己來自何方時，歸鄉的心情促使著他回到故鄉臺灣時，所謂的臺灣已不再是他記憶中的臺灣了，觸目所及的無非是熱鬧非凡的遊樂場所，整個島嶼，「除了觀光還是觀光，完全是為了觀光客所設，一個超級的遊樂園」（平路，1985：213）。而所謂美好的回憶都在一幕幕看似華麗美妙，卻「死板呆

滯的『伊甸園』」中被摧毀。後來，發現真相是他的故鄉臺灣竟然在未來的世紀裡成為了「迪斯奈樂園」的一部份。最後只好選擇以自殺作為這未來文明的微小反抗：

> 他嘴裡哼著輕哼著那熟悉親切的旋律，臉頰上掛著一絲飄
> 忽的微笑，衝向眼前那壯闊雄渾的太平洋，他縱身一躍，
> 從懸崖上跳了下去！（平路，1985：218）

其實從比較前行代與中生代科幻作家中，筆者以為若以「國族」或者「大我」意識做為前提，那麼可以看出的是前行代作家裡的大我（國族）意識是大於小我（個人）意識的，或者可以說是完全掩蓋。然而當中生代作家嘗試處理這命題時，其實已隱含著個人的覺醒並向大我進行反抗，可是其反抗的程度或只能「嘗試自憐」，或只能「逃避」，就算反抗也只能算是「輕微」的程度。因此，個人對於體制的自覺反抗，背後其實隱含著對於世界變化的無力感與無奈。然而，總的來說，自我意識的覺醒當屬中生代作家與前行代作家相當不同之處。

三、新生代

　　如果說前行代的科幻作家他們所關心的是國家民族的問題，而中生代的作家關心的是政治經濟的問題，那麼到了 90 年代，崛起的新生代科幻作家，他們所關心的則是更為自我的問題。換言之，相對於中生代，新生代無疑地是處理更自我中心的命題，或

者說，是以自我來觀看這個世界，而且比起中生代而言，他們透過小說反映出對現實中的反抗則是更加強烈。

對於 90 年代崛起的新生代作家們的描述，論者彭小妍的說法或可供參考：

> 解嚴後的新生代小說，一言以蔽之，是「百無禁忌」。主題上呈現的是性氾濫、暴力傾向；對自我定位和文化認同產生的焦慮徬徨、對「歷史、國家」的質疑批判和反覆重建。（彭小妍，1994：20）

其實到了 90 年代，整個臺灣社會的脈動可說是更加地劇烈，尤其是電子資訊科技的發展（網路、電腦、遊戲機、KTV……）更是深深影響著這些所謂「新新人類」，他們比起上一代的作家們可說對於時代脈動衝擊更加深刻也更加徬徨，也就亟欲在文化場域中尋求自己的定位，再加上後現代、後結構主義等新興思潮的影響，各式各樣的文化品味都有了合理化的理由，因此新生代的作家也更比上一代的作家更加勇敢地批判所謂的權威結構，以及附屬於其上的意識形態。而表現在科幻的脈絡上，「情慾」的書寫更可說是新生代科幻小說家們比起前輩作家所更加注重的特色。

如洪凌的《宇宙奧狄賽》系列，雖然表面上述說是星際政治權力的鬥爭，然而實質上潛伏於深處的卻是錯綜複雜的情慾糾葛。另外，其他像〈罪與慾〉、〈記憶的故事〉等故事同樣地亦是以人物之間的情慾想像做為主軸。針對洪凌的科幻作品中常會出現大量情慾的詞彙或情節，蔣慧仙則是如此認為：

透過性別「差異政治」的操作，洪凌將科幻文類加以「酷
異化」──她以酷異、同性戀科幻小說的寫作與評述，對
父權與性別宰制，表達其基進的不同意。在洪凌構築的科
幻場景……交織著雌雄同體、人造性別、同性愛慾、自體
愛慾，除了挑釁異性戀陽具中心與生殖式的性愛迷思，也
解構傳統科幻文類中掌握知識權力意志的男性超人形象。
（蔣慧仙，1996：VI-VII）

因此透過科幻本身無所限制的想像特性，洪凌將科幻轉化成批判
「父權與性別宰制」的最佳載體。

　　如此對抗傳統父權或既定價值觀的手法，也可以從紀大偉的
科幻作品嗅出同樣的氣息，如〈他的眼底，你的掌心，即將綻放
一朵紅玫瑰〉、〈蝕〉、〈膜〉、〈戰爭終了〉依然可以看出他
對於跳脫出甚至意欲打破傳統價值觀的意圖。如在〈他的眼底，
你的掌心，即將綻放一朵紅玫瑰〉裡，便是以科幻的形式表現出
其對於「同性家庭與同性生育」的想像。又如獲得第十七屆聯合
報文學獎作品的〈膜〉，其情節的推展便是透過女兒與母親、母
親與（女）愛人之間的互動而產生的情慾想像。

　　不同於上述作家從情慾角度反抗體制的作法，另一位新生代
作家蘇逸平，雖然形式上沿用了倪匡的冒險模式，但對於中國傳
統神話、文化的重新詮釋，並且加入時下流行的概念，顯見其豐
富的創意。因為中國神話何必僅能遵循主流的解釋，透過想像的
小說家言給予另一種顛覆的快感。因此，這種趣味性的再創造也
成為另類的反抗既有體制的新勢力。總之，不論是從情慾或從另

類詮釋出發進行對舊有體制束縛的突破，從新生代作家的作品來
看，強調個人的存在價值意義似乎遠比前二代作家來得更加濃烈
與重要。

參考書目

方以庸，1986，〈科幻小說的社會價值〉，《臺灣時報》1986.5.7，「副刊」。

丘彥明記錄，1985，〈德先生、賽先生、幻小姐——一九八二年文藝節聯副科幻小說座談會〉，收入張系國主編，《當代科幻小說選II》，臺北：知識系統，頁 209-256。

呂學海、呂維琴記錄，1983，〈科幻之旅——張系國與王建元談科幻小說〉，《中國時報》1983.9.29-30，「人間副刊」。

呂應鐘，1981，大家談科幻〉，收入於張之傑主編，《科幻文學》1：11。

呂應鐘（呂金駿），1979，〈談科幻文學〉，《明日世界》57（1979.9）：28-32

李鹽冰，1986，〈科幻・歷史・俠——張系國與葉言都談科幻小說創作〉，《中國時報》1986.9.21，「人間副刊」。

吳鴻，2001，〈交通大學校長這樣鼓勵狂想〉，《中國時報》，2001.6.6，「浮世繪」。

後人（方大錚），1980，《南極光》，臺北：時報。

桂文亞，1977，〈奇想記——張系國的科幻小說天地〉，《聯合報》1977.7.3，「副刊」。

張之傑，1981a，〈寫民族風格的科幻小說〉，《臺灣時報》1981.2.10，「副刊」。另收錄於 1992，《綠蜻蜓》，臺北：漢光，頁 11-12。

張之傑，1981b，〈發刊詞〉，《科幻文學》1（1981.05）：5-9。

張大春，1985，〈傷逝者〉，收錄於張系國編，《七十三年科幻小說選》，臺北：知識系統，頁 31-83。

張系國，1970，〈奔月之後——兼論科學幻想小說〉，收錄於《地》，臺北：純文學，頁 233-247

張系國，1980，《星雲組曲》，臺北：洪範。

張系國，1983，《五玉碟》，臺北：知識系統。

張系國，1986，《不朽者》，臺北：洪範。

張系國，1991，《一羽毛》，臺北：知識系統。

張系國，2001，《Ｖ托邦》，臺北：天下遠見。

張系國，〈科幻與創意——文學咖啡屋網路創作競技揭曉〉，《文學咖啡屋
　　——網路創作大競技》，

　　http://www.cs.pitt.edu/~chang/scifi/cafe/result.html

陳思和，1992，〈創意與可讀性——試論臺灣當代科幻與通俗文類的關
　　係〉，收錄於林耀德、孟樊主編，1992，《流行天下》，臺北：時報，
　　頁 271-303。

黃海，1984a，《最後的樂園》，臺北：時報。

黃海，1984b，《銀河迷航記》，臺北：知識系統。

黃海，1986，〈科幻小說答客問〉，《文訊》26（1986.10）：141-146。

黃海，1987，《鼠城記》，臺北：時報。

黃海，1996，〈由科幻、童話精神到二十一世紀的文學〉，《文訊》95
　　（1996.11）：7-11。

黃凡、林耀德主編，1989，《新世代小說大系・科幻卷》，臺北：希代。

黃博英，1981，〈飛碟夫人〉，收錄於《科幻文學》1（1981.5）：70-75。

葉李華，1998，〈宇宙香爐——科幻小說風潮論・評審意見〉，收錄於陳
　　義芝編，1998，《臺灣現代小說史綜論》，臺北：聯經，頁 306-312。

詹宏志，1981，〈科幻小說的兩個世界——從鄭文豪的科幻小說談起〉，《臺
　　灣時報》1981.1.10，「副刊」。

平　路，1985，〈驚夢曲〉，收錄於張系國編，《七十四年科幻小說選》，
　　臺北：知識系統，頁 187-218。

彭小妍，1994，〈百無禁忌——解嚴後小說面面觀〉，《文訊》61
　　（1994.2）：20。

蔣慧仙，1996，〈洪凌——異端書寫的政治與詩學〉，收錄於洪凌，《魔鬼
　　筆記——科幻、魔幻、恐怖、怪胎文本的混血論述》，臺北：萬象，
　　頁Ⅴ-Ⅷ。

郝譽翔，1999，〈二三〇〇・洪荒〉，收錄於陳祖彥編，《新勢力小說選》，
　　臺北：探索，頁 163-179。

第三章　複製與再生──機制論

　　從日據時期的新文學以來，臺灣的「寫實書寫傳統」一直是文壇上的主流，因而在如此高度寫實的文學環境之下，屬於幻想系統的科幻小說雖然在西方已蓬勃發展，但在臺灣文壇一直未受到注意，僅能游移於主流文學之外。直到 80 年代左右，臺灣科幻小說在一群科幻提倡者的鼓吹奔走之下，才廣為文壇所注意，且逐漸成為臺灣文學中不可忽視的一類，並且試圖透過相關創作和推廣活動建立自外於主流文學的一套寫作體系。[1]

　　回顧臺灣科幻三十多年的發展，從 70 年代崛起，歷經了發展期、黃金期、轉變期、再興期等四個階段，終於有了相當的成果，其中除了許多作家努力於此文類的創作和提倡者不斷的推廣之

---

[1] 張系國曾對於某些科幻小說作家企圖以納入主流文學為理想的看法提出反駁，他說：「一直到最近才有人開始辯論（science fiction）是不是應該叫做 speculative fiction ……等。這可以說是科幻小說家的『墮落』，企圖佔有主流地位，所以才想要改這些名詞。這『墮落』是反面的意思：由次文化『墮落』回主文化去，對次文化本身的成員講，這是一種倒退，甚至是種離『經』叛『道』的現象」（呂學海、呂維琴，1983）。另外林燿德也認為「張系國在 80 年代結束之際，提出了這種『反主流』的呼籲，和 80 年代初期科幻作者期盼得到主流容納的情勢成為有趣的對比，這兩者之間的辯證，很明顯透露了臺灣科幻的格局已經逐漸形成，也因為陣營日益鞏固，甚至擁有出版社之外的獨立雜誌《幻象》做為發言機關，至少科幻小說這種『次文化本身的主流』，已不必再附麗於『正統文學霸權』或特殊文化市場所控制的媒體。」（林燿德，1993b：47）。

外，尤不容忽視的是外在的文學傳播機制對於科幻發展本身的影響，其中又以雜誌、科幻獎以及出版社三者至為重要。雜誌，代表了專屬發表空間的據有；科幻獎，激發了更多讀者的參與感，且也充實了臺灣科幻的內涵；出版社，是接觸國外科幻的重要入口，以及拓展本土科幻的重要助力。因此分析這三項機制的運作當對瞭解臺灣科幻發展有相當重要的意義。

第一節　不再「幻相」的《幻象》

一、科幻與《明日世界》

　　其實，早期臺灣科幻小說的發展與「科學雜誌」具有相當密切的關係，或許正因為科幻本身獨具的「科學」性質，所以早期常見科幻作品依附於科學雜誌裡，如呂應鐘於 1977 年創辦的《宇宙科學》及石育民於 1978 年發行的《少年科學》等，都有相關科幻作品的刊登。然而「科幻」與「科學」的關係畢竟是相當曖昧的，有人說科幻裡的科學是偽科學，又有人說科幻刺激或預言了科學的誕生，所以誠如科學家及科幻提倡者張之傑在為科學刊物編科幻專輯時的矛盾一樣：

> 因為本刊（大眾科學）是一本科普刊物，所以（科幻）專
> 輯不從文學眼光探討科幻，而從科學和哲學的角度探討科
> 幻。（張之傑，1983：4）

因為《大眾科學》是屬於科普性的讀物，推廣科學是刊物的宗旨，在必須兼顧刊物性質的前提之下，面對科幻小說僅能從其科學的角度切入，而無法對科幻小說中的文學藝術進行探討。甚至到了90 年代末，張之傑再度為《科學月刊》編選科幻專輯時，仍然須顧慮《科學月刊》的科學屬性：

> 然而，《科學月刊》諸君子一向認為：「科學是科學，科
> 幻是科幻」；為了避免混淆，創刊至今從未談過科幻，這
> 個專輯也不便違背這個原則……。為了強調科學，我將專
> 輯定名為「科學與科幻專輯」。既然戴上科學的帽子，我
> 們只能以科學談科幻……。（張之傑 1998：97）

雖然以刊物的屬性決定文章的趨向本是編輯刊物時常見的原則，
然而，科學刊物本身性質的「侷限性」終究無法充分顯現科幻其
他面向，雖說科學刊物對於科幻的提倡有所幫助，但固定的科學
取向亦是其不足之處。

　　科學雜誌有其侷限性，那麼其他的雜誌呢？在早期臺灣科幻
發展時，其實有一份刊物對於科幻的提倡可說是相當盡心盡力，
這份刊物便是由淡江大學一些「未來學」的學者所創辦的《明日
世界》，此份刊物於 1975 年 1 月創刊至 1988 年 7 月停刊，以月
刊形式共出版 163 期。刊物的屬性可算是綜合性的刊物，誠如其
刊物宗旨所言：

> 「明日世界」不同於一般的學術或科技摘要雜誌，……其
> 主要內容有：國家建設之未來、世界之未來趨勢、能源、
> 環境與資源、公害防治、人口、糧食與農業、企業管理、
> 醫學保健與營養、都市計畫與捷運系統、土地使用與住宅、
> 社會問題、教育、國際關係、世界未來研究通訊、資訊、
> 科技與太空科學、一般社會發展方向、科幻小說、其他。

刊物的內容可說是包羅萬象，對未來的國防、環境、醫學、社會……等進行分析探討，而科幻作品也因為其本身具有的「未來」性質而被採納。

不過，若深究《明日世界》裡的科幻作品，其實不難發現，不論創作或論述，翻譯的數量遠多於本土自創，即相較於國外論著的翻譯，國內的科幻作品篇幅都不長也不多。

在翻譯方面，《明日世界》曾長期地連載國外科幻論著，其中比較大規模的有：〈科學小說的現在、過去、未來〉（31-40 期）、〈紀元 2027 年世界聯邦共和國〉（40-49 期）、〈未來的幻象〉（57-62 期）、〈科幻理念與夢境圖說〉（99-109 期）、〈世界名著科幻精華〉（112-136 期）。其中〈科學小說的現在、過去、未來〉和〈未來的幻象〉二文，後來被照明出版社出版為《科幻歷史圖說》及《科幻藝術畫集》。〈科學小說的現在、過去、未來〉及〈科幻理念與夢境圖說〉的作者皆是大衛‧凱爾（David Kyle），譯者是萇弘（王長洪）。前者對於西方科幻小說的源起與發展的分析頗為詳細，而後者則是將西方科幻作家們在創作時的理念作主題式的分類介紹。這兩篇文章對於當時國人在瞭解西方科幻小說的歷史背景和主題特色無疑具有一定的幫助。而〈未來的幻象〉一文則是由傑尼沙克士編著、彭廣揚翻譯的科幻藝術畫作論集。其中介紹了英國的科幻插畫、畫家及其作品。將虛構的科幻想像具體化，直接訴諸於視覺的感官，的確也讓國人體驗到另一種視覺上的科幻藝術享受。〈紀元 2027 年世界聯邦共和國〉則是日人石川達三所著、陳曉南翻譯的科幻小說創作。科幻小說原本就是以歐美地區較為盛行，而國人在翻譯科幻小說時也多著重在西方科幻小說的引介，因此對於近鄰日本的科幻相對注意程

度不大，《明日世界》願以十期的篇幅連載日本的科幻小說，實在也相當難得。另外，橫跨期數最多的〈世界科幻名著精華〉是由「照明」掛名翻譯的科幻書單。這一份簡介式的書單以故事主題區分為六個部分，分別介紹「以宇宙、異星生物為主題的」、「以未來社會為主題的」、「以幻想世界為題材的」、「以時間、空間為題材的」、「以人類進化為主題的」、「以毀滅、終結為主題的」六種類型的科幻小說。在這六種類型的科幻小說簡介裡，大規模地介紹歐美和日本科幻小說及作者，不容置疑的，這份科幻書單確實為臺灣的科幻讀者指引出一條閱讀的路徑。

在國人的評論方面，一篇由鄭雅仁撰寫的〈淺談科幻作品的主題〉中也針對了科幻小說的主題作了分類式的介紹，雖然當中的分類與敘述仍屬於「公式化」式的分析，不過這對於當時評析科幻作品風氣的推行是具有正面的意義。其次，早期對於科幻推廣相當活躍的呂應鐘亦發表三篇重要的論述：〈談科幻文學〉（第57期，1979/09）、〈讓科幻札根〉（第59期，1979/11）、〈提倡科幻、邁向未來——兼談大學開授科幻課程〉（第124期，1985/04），其中對於「科幻文學」觀念的提倡，以及呼籲臺灣大專院校應開授科幻課程的觀點在當時係屬相當新穎的觀念。再者，像在第54期刊登作家黃海於淡江大學「未來學」課程演講的內容〈科幻小說的寫作〉，便是黃海以親身寫作的經驗教導讀者如何創作科幻小說，讓讀者可依循本土作家的經驗與方法來從事科幻小說的創作，這對於培養潛在的科幻創作者是相當重要的。

在科幻小說創作方面，其中國人寫作的科幻小說有9篇，分別為杜昆翰〈天庭舵手〉（第37期）、丁洪哲〈夢遊海王星〉（第40-41期）、章杰〈屍變〉（第57期）及〈公元5000年〉（第

59 期）、蕭偉禎〈織女星的地球探險探查宇宙的一個模式〉（第
57 期）、陳岱琪〈來自一九七〇年的人〉（第 67 期）[2]、李敬〈圖
來世〉（第 84 期）、唐山〈外星人的忠告〉（第 108 期）、陳欣
蘭〈為什麼美國要封鎖它的邊界〉（第 141 期）等。其中若是深
入閱讀這 9 篇作品，不難發現早期國人寫作科幻小說時的那種摸
索狀態，即科學幻想幅度不大，文學藝術的經營較為薄弱，主題
也多「警惕」意味的呈現，作品尚屬與模仿學習階段，不過這也
不能作為忽視他們作品的理由，畢竟將外來題材轉換為適合國人
閱讀的形式是困難些，而這或許也是早期國內科幻創作的困境
吧。不過，總的來說，《明日世界》對於科幻作品的刊登還是多
著重在翻譯國外的理論和創作，雖然國內的作品不多，只能多翻
譯國外的作品，但不論如何，《明日世界》在引進科幻觀念這方
面的努力與用心是值得肯定的。

二、科幻與《幻象》

在 80 年代，隨著政治經濟的逐步開放與蓬勃發展，臺灣文壇
呈現出繽紛燦爛的狀態，各種次文類相繼而起，然而文壇繽紛燦
爛的局面也代表了另一意涵，便是「文學發言權」的稀釋化，換
言之，在臺灣文壇的這塊大餅上，想要爭奪「文學發言權」的文
類變多了，進而造成每一文類可分得的發言空間相對的減少，這
個現象對於推行科幻小說在臺發展而言，無疑是一種阻礙。所以
誠如之前所言，想要興起一股科幻風潮或筆者所言的「科幻運

---

[2]　經黃海證實，陳岱琪此篇作品係抄襲黃海作品〈從死亡線歸來〉之作。

動」，就必須要有自己的發聲管道。誠如張系國在編選《七十六年科幻小說選》時，提出了這樣的感慨：

> 科幻小說發展的瓶頸，主要是年輕作家缺乏創作園地，也缺乏觀摩外國作家一流作品的機會。希望幾年內，我們會看到像樣的科幻雜誌出現……（張系國，1988：3）

張系國此段感慨說明了之前科幻小說的發展何以無法落實本土，便在於缺乏一個屬於科幻的共同園地，若要延續科幻小說的創作，僅僅靠 80 年代中期的年度科幻文學獎顯然是不夠的，因此，期待一份專屬的專業科幻雜誌的心願，其實也正道出眾多科幻愛好者的心聲。

　　雖然，在 80 年代仍有少數雜誌願意刊登相關科幻作品，甚至在 1980 年黃海與許希哲更是首次以科幻的名稱創辦了一份報紙型的雙月刊雜誌《飛碟與科幻》[3]。以及張之傑於 1981 年結合國內各科幻喜愛者創作的《科幻文學》雜誌，不過此二份刊物的並沒有維持多久的時間。如《飛碟與科幻》雖然在第二期後便改為書本型的雜誌，但仍在出完第四期後無疾而終。《科幻文學》更因主編張之傑編纂環華百科全書無法分身，只出刊一期便停刊

---

[3] 黃海曾自言當初之所以會創辦《飛碟與科幻》雜誌，其實是受到當時「書訊」風氣的影響，所以第一期是以報紙型的方式出刊，之後在辦了四期後，因為資料與資金的不足，因此也就沒有繼續辦下去。詳見附錄六黃海訪談記錄。林燿德於其〈臺灣當代科幻文學〉（《幼獅文藝》第 475 期，1993 年 7 月）一文中曾將《飛碟與科幻》雜誌的發行形式誤以為先「出版單冊四期後旋即改為報紙型雜誌」，當誤。

了。[4]至於《明日世界》雖偶爾有科幻作品的刊載,不過仍非以科幻為主的刊物,因此對於科幻在臺灣的推展仍有不足之處。所以,如何一方面給創作者提供一個專門的創作園地,另一方面也為讀者們挑選優良的科幻作品,讓讀者瞭解何謂真正優良的科幻作品,進一步培養科幻的潛在創作者和讀者?或許有鑑於此,以張系國創辦的知識系統公司的科幻作家群為主和一些文壇上對於科幻有興趣的編者與作者,便在 1990 年創辦了一份文學性的科幻雜誌《幻象》,以此作為推行科幻運動的發言場所。

　　《幻象》於 1990 年元月創刊到 1993 年 8 月為止,以季刊形式共發行了八期。《幻象》的創刊實與張系國所創辦的「知識系統公司」有很大的關連,除了知識系統的作者群外,也結合了當時從「中國時報文學獎附設科幻小說獎」、「張系國科幻小說獎」所發掘出來的作家,如平路、范盛泓、張大春、黃海、葉言都、葉李華、鄭文豪、許順鎧⋯⋯等人,大部分都曾得過上述的獎項或入選推薦發表的作家。另外還包括一些當年照明出版社時期的「未來學」學者及文壇中對科幻有興趣的編、作者。而其中主編組成則分別是第一期為幻象編輯小組、第二～六期為呂應鐘、到了第七期則換張之傑主編到第八期。因此,《幻象》的班底可說都是當時臺灣科幻界的菁英,吸引了老中青三代,一時風雲際會聚集在《幻象》,一起為推廣科幻努力。

---

[4]　張之傑曾如此說明當時何以未能繼續編纂《科幻文學》雜誌的緣由:「科幻文學是民國七十年我辦的一份雜誌,只辦了一期就停刊了。原因是編百科全書的工作太累,醫生囑咐我少管閒事,否則有可能精神崩潰。聽從醫生的話,專心做一件事,其他的工作暫時放手或割捨。」張之傑,1992,《綠蜻蜓》臺北:漢光,頁 25。

　　而作為一份結合科幻界菁英、推廣科幻的雜誌，在《幻象》的〈發刊詞〉中，張系國對《幻象》雜誌曾做過如下的期許：

> 若干年前，我曾提出「全史」的構想。我認為，歷史不僅應包括「過去」，也若必須包括未來。包括過去和未來的歷史，我稱之為「全史」。現代人不能祇了解過去，也必須了解未來，向未來尋找歷史的根源。……為什麼要辦科幻雜誌？分析到最後，仍然是為了教育民眾、喚醒民眾。人們愛說，不了解過去就是忘本。其實，不了解未來同樣是忘本，而且更加危險。我期望幻象雜誌是一座過去和未來之間的橋、老年中國和少年中國之間的橋、黃色文明和藍色文明之間的橋、大陸中國和海洋中國之間的橋。這樣的一份刊物，我相信可以編的豐富活潑、多采多姿、生動有趣。幻象雜誌計畫介紹外國的優秀科幻作品，同時也鼓勵本土科幻創作。科幻小說可以趣味，但科幻並不是逃避，而是在更深的層次反省人類的處境，這也是幻象雜誌的發刊宗旨。僅將這份刊物，獻給少年中國的千萬讀者。

張系國以一種「全史」的宏觀觀點來看待科幻小說，強調科幻小說的「人文精神」，並以此來「教育民眾、喚醒民眾」。這樣的一個宣言，其實也宣示了其對此特殊文類的一貫期許。而對於這種西方高度發展的文類，能否在「中國」這塊土地生根發芽，除了引進西方優良的科幻作品以供學習外，張系國還認為其關鍵就是在建立一個具有「中國風味的科幻小說」，為此才能走出自己的風格，而不是永遠只能是西方科幻小說的翻版而已，而甚麼是

具有「中國風味的科幻小說」呢？張系國認為這需從中國的傳統以及臺灣本土社會來尋找，因此，一座溝通的「橋」連接了傳統與現代、古典文明與科技文明、東方與西方、中國與臺灣，如此方能將科幻植根於臺灣甚至整個華文世界，而進一步，也可以感覺到《幻象》想要整合整個華文世界（至少是臺灣部分）的企圖隱約可見。

《幻象》作為臺灣90年代初期專業性的科幻文學刊物，從其中的結構和內容安排，可以明顯地感受出刊物意欲呈現的多元化及專業化的面貌。然而綜觀八期的內容，仍有幾項特點可具說明。

1、選材仍以小說為主

在《幻象》八期裡，有關科幻小說的文章是最多的，其次是科幻漫畫、動畫、電影介紹，最少的則是科學新知、科普。不可諱言的，一般提到「科幻」作品，大多數的人總是會先聯想到科幻小說，當然科幻小說也是「科幻」作品裡的大宗，因此想要介紹「科幻」，也必須以科幻小說為主，那麼《幻象》八期裡，科幻小說的篇章佔大多數，也就不足為奇了。而且一份「文學性」的科幻雜誌，為了不同於其他「科學性」的雜誌，所以，對於科學新知及科普的介紹方面，也就不多花篇幅來刊載了。

不過，為了能更加全面的涵攝科幻，從第五期後，可以看出有關科幻漫畫、動畫及電影介紹的篇章有逐漸增多的趨勢，其中編輯的意旨或如張系國所言：

> 今後《幻象》將以一半的篇幅刊載科幻小說，四分之一左右的篇幅刊載科學新知及科普文章，其餘篇幅刊載科幻漫

畫、科幻電影及動畫介紹等，每期頁數保持在兩百頁上下，
以「質」取勝。（「第五期」，頁3）

而到了第七期的「輪值主編」張之傑甚至認為科幻小說創作最好
不要超過總篇幅的二分之一，讓科普、專論、雜文的篇幅能有所
增加。從中可發覺《幻象》的類型已有朝全面發展的趨勢，只可
惜在第八期後便停刊了。

2、引介區域偏重歐美科幻

在區域的選擇上，從八期的內容來看，還是可以明顯地看出
對於歐美科幻的著重，這或許也顯示了在編者的心目中，若要介
紹好的科幻作品，還是向「歐美」科幻作品「取經」的好，因此
歐美科幻作品的介紹佔有相當大的比例，如國外科幻大家的介紹
專輯：艾西莫夫專輯、菲利普‧狄克專輯、艾西莫夫紀念特輯，
或美國影集「星艦奇航記」的介紹：〈星艦奇航記——過去、現
在及未來〉（第一、二、三期）、〈星艦25年——企業號歡笑與
淚水交織的一年〉（第六期）、〈銀河前哨深太空九號——九〇
年代星劇的世代交替〉（第八期）。在在顯示編輯者的區域喜好。

3、奇異的科學知識

既然《幻象》雜誌的屬性是「科幻」雜誌，所以為了不同其
他的科學雜誌，所介紹的科學知識也就比較偏向一些稀奇古怪的
事物，就像每一期由葉言都所執筆的：〈怪機奇談——東瀛遺恨
太平洋〉（第一期）、〈納粹最後的沖天炮——腹蛇式火箭戰鬥
機〉（第二期）、〈幾乎飛起來的碟〉（第三期）、〈恨不相逢

未戰時──「飛行煎餅」它的時機與命運〉（第四期）、〈事急吉普也登天──飛行吉普與向天計畫〉（第五期）、〈氣球炸彈──東洋紙怪襲美記〉（第六期）、〈空中母艦──『美康』號的生前死後〉（第七期）。這些都是人類曾經經由「想像」所製作出來的事物，雖然以現在的科學眼光看，或許會有些有趣，不過這的確是當時人們的「突發異想」的產物，而之所以會介紹這些事物，這也或許符合科幻重「幻想」的特質吧。

4、各具特色的專輯

《幻象》每期所籌畫的專輯可顯示出編者計畫性提升科幻品質的用心，如第一期「科幻經典名著欣賞」、「科幻小小說 10家」及「短篇科幻創作」等收錄了中外各家小說作品，讓讀者可以大量閱讀到當代優秀的科幻創作。另如第三、四、五、七期則介紹了國外科幻創作，包括當代西方科幻大家艾西莫夫和菲利普・狄克的作品，以及日本科幻動畫發展，皆讓讀者對國外科幻發展有一概括性的瞭解。而第二、五、六期則刊登「張系國科幻小說獎」及「第一屆華人科幻藝術獎」獲獎或優秀作品，端出一場優秀中文科幻的饗宴……。這些在在顯露出編輯群意欲呈現優質科幻的企圖。

然而，《幻象》雜誌辦了八期後，卻無緣無故停刊了，著實讓許多科幻愛好者感到非常詫異，為何一份專屬科幻的雜誌會在臺灣生存不下去呢？如此的疑問，想必會時時縈繞在所有的科幻迷心中。對於《幻象》的停刊，在五年後（1998 年）張系國作了如下的說明：

《幻象》辦了八期，終於忍痛決定停刊。其實停刊的主要
原因並不完全是經費問題。以往《幻象》依賴某發行社代
為發行，他們一旦決定不再代理，《幻象》的發行就成了
棘手的問題。雖然有死忠的讀友，奈何廣大的讀者竟不知
道這份雜誌的存在。所以真正摧毀《幻象》戰鬥意志的還
是發行不良。（張系國，1998：302）

因此，張系國才會感嘆《幻象》的創辦是「科幻界的盛事」，然
而時機卻非「科幻界的盛世」啊！《幻象》停刊後，張氏將其據
點搬上了網路（http://www.ksi.edu），然而，雖說靠著網路無弗
屆的功能可以傳播更遠更廣，但是不知何故，網頁的更新率極低，
因此對於科幻迷而言，《幻象》終成歷史。不過對於《幻象》之
所以能在 90 年代初期創刊，或許正是臺灣科幻發展的必然，到了
一定的成熟階段，必然會有一個整合科幻趨勢發生，《幻象》無
疑地整合了 90 年代以前的科幻菁英，也對之前臺灣科幻歷史作一
總結，並為未來臺灣科幻方向起了指引性的作用。

　　繼《幻象》退居網路後，隨著「網路時代」的來臨，另一個
凝聚臺灣科幻的大本營當屬於 90 年代末興起的科幻網站「科科
網」（http://www.scisci.com ，1999 年 2 月-2000 年 7 月）。「科
科網」之所以會成立則與葉李華的推動有密切的關連。1999 年葉
李華與一些科幻愛好者趁著網路前景一片看好之際，投入了龐大
資金和人力設立了華文世界第一個專業中文科幻網站「科科網」，
並以「科學衍生科幻，科幻延伸科學」為號召，贏得了老中青三
代科幻迷的支持，更讓「科科網」成為當時推廣科幻的重要基地。
其網站內容主要可分為兩部份「科學世界」及「科幻天地」。其

中「科學世界」以深入淺出的方式，介紹各式各樣的科學新知。
而在「科幻天地」裡則有「創作大觀」、「談科論幻」、「兒童
科幻」、「科幻電影」、「星艦系列」、「星際大戰」等版面。
因此，「打造一座兼容並包的國際化中文科幻網站」的理想似乎
正逐漸實現。然而，當 2000 年在全球網路事業皆出現泡沫化趨勢
時，「科科網」的網路實驗也瀕臨危機，最後財力無法支持，終
究黯然宣告無限期凍結，直到葉李華在交通大學開設「科幻天地」
課程後，才在一批熱誠的學生支持下將科科網移至交通大學的伺
服器底下（http://scisci.nctu.edu.tw/），試圖等待機會能夠再次復
網。之後，葉李華在獲得交大校長的支持下，於交通大學成立「科
幻研究中心」（http://sf.nctu.edu.tw/），相關的推廣活動也納入其
規劃底下，儼然形成臺灣推廣科幻一個重鎮。

　　另外，由「科科網」支持的《科科電子報》於 2000 年 2 月
15 日創刊，有「白話科學教室」、「作家專欄」、「創作大觀」、
「科學小視窗」等主要內容，擔任了傳播科幻訊息的重要媒介。
在「科科網」進入「冬眠期」後，則將其轉交給台大星艦社繼續經
營（改為《科幻科學報》http://club.ntu.edu.tw/~club20715/scisci/），
亦成為推動科幻的一重要助力。

　　由以上不難發現，乘著網路流通的便利，科幻的曝光率也相
對增加，顯見網路在未來必然會成為推動科幻的重要動力。然而
隨著推廣科幻的方式較以往更加多元，其所獲得的效益如何，勢
必也將是新一代科幻推動者所必須認真思考的。

第二節　菁英科幻的科幻獎

一、科幻獎回顧

　　1981 年聯合報文學獎決審會議裡，評審委員之一的張系國曾希望能將〈零〉獨立出來另設一科幻小說類以與其他小說作不同區隔，因為科幻小說有其獨特的發展過程和審美標準，因此若將科幻與其他小說混同評論則將看不出它的價值所在，而且臺灣的科幻小說仍在起步的階段，如何將科幻的觀念界定出來，這對於往後臺灣科幻小說的創作將會有一定的影響。因此，如何為臺灣的科幻小說建立起一套獨有的評審機制，便成為能不能順利推展科幻小說的重要因素之一了。

　　基於上述的看法，從 1984 年起，第七屆中國時報文學獎首度增設「大眾文學類」徵文，並以「科幻小說」作為首次徵文的類型，在「結合小說與社會大眾」的前提下，「期望在科幻思惟激盪下，傳統小說能夠獲得新生機」（呂學海，1984）。首次讓科幻小說進入文學獎的機制中，但由於中國時報的基本前提是「大眾文學類」，所以不難理解在舉辦完二屆科幻小說獎後，想要以「童話創作類」取代之，此時張系國為了不讓剛起步的臺灣科幻小說就此停頓，所以表示願意出獎金繼續維持科幻徵文，以維持科幻獎的舉辦（駱紳，1986），因此從第九屆中國時報文學獎開

始即以附設「張系國科幻小說獎」為名義繼續舉辦了四屆（1986-1989）。

其後1991年則改由剛成立的科幻雜誌《幻象》主辦第一屆的「世界華人科幻藝術獎」，其中除了「科幻短篇小說獎」之外，還另增設「科幻漫畫獎」，以期「提昇科幻藝術創作」。1993年，另一位科幻推動者呂應鐘則與四川的《科幻世界》雜誌於中國大陸增設「第二屆世界華人科幻藝術獎——呂應鐘科幻文藝獎」，亦分設「科幻文學獎」及「科幻美術獎」兩類，然而其徵文範圍卻是以中國大陸為主，雖其評審小組亦由兩岸共同組成，可是由於兩岸對於科幻小說的認知不同，因此便有人疑慮其是否會造成兩岸評審的共識難以達成，而期望能預先有些規範。（《幻象》，8：90-91）。不過因為此獎項於中國大陸舉行，重點亦放在中國大陸，所以雖言明臺灣作家亦可參加，不過顯然此獎對於臺灣科幻的發展並無多大的影響。其後，隨著《幻象》雜誌的停刊，「世界華人科幻藝術獎」也在臺灣舉辦第一屆之後便銷聲匿跡了。

而到了1994年，以青少年為主要讀者群的文學刊物《幼獅文藝》雜誌為慶祝創刊四十週年來「倡導優良人眾文學作品，提升國人閱讀品味」的目標，因此選擇富有「時代脈動」的科幻小說作為徵文項目。並於之前陸續推出相關科幻文論及小說，頗為熱鬧喧騰。不過，在舉辦完「幼獅文學獎‧科幻小說獎」之後，喧騰十多年的臺灣科幻文壇便亦沉寂了下來。直至2001年，在葉李華的鼓吹推動下，打著「科幻回來了」的旗幟，終於在科幻獎中斷了五年後，再次設立專屬於科幻的文學獎——「倪匡科幻獎」，不同以往的是，此次還增設了「評論獎」，做為將科幻小說推向學術化、專業化的重要基石。

二、科幻獎意義的再思考

如前所言，科幻獎設立的一個重要原因便是想與其他文類作相區隔，因此評審的標準必然與其他類型小說有所不同。而在另一方面，做為科幻獎此機制「守門人」的決審委員的組成結構，相對於其他文學獎而言亦會有所差異。所以，假如從這兩方面做為探討臺灣科幻獎的切入點，將能更瞭解科幻獎的時代意義。

1981 年聯合報文學獎決審會議裡，張系國以其對於科幻小說熟稔程度，對〈零〉的內容和文字藝術提出看法。張系國認為〈零〉是「一部『尚有創意』的科幻小說，（但）並不是『很有創意』」的小說（丘彥明，1982：12）。因為他認為〈零〉故事裡面許多元素雖然大多從其他經典科幻小說而來（如一九八四、美麗新世界、華氏四五一度……等），但作者能夠將這些舊有元素加以重新融合組織成為新的故事，算是一篇值得讚許的科幻小說，尤其在當時本土科幻小說創作尚在萌芽階段，此篇作品仍是值得鼓勵的。之後張系國又概括性地揭示了創作科幻小說時應注意的地方：

> 對科幻小說可能我是愛之深責之切，要求比較嚴格一點。科幻小說也有很多約定俗成的工具可以拿來用，所以我才指出作者引用了多少。……它借用很多作品的情節，所以希望它更有創意。在文字方面，我倒覺得科幻小說要注意文字，如果還停留在翻譯小說的地步那是個問題。

上述的說明，顯示出兩個值得注意的概念，其一是「創意」，因為科幻小說本身便十分要求創意性，有創意的內容才能走出不同他人的風格，而不是僅停留在那些外星人、機器人、太空冒險……等情節。其二是「文字」，則與小說技巧有關，雖然當時科幻小說尚屬翻譯國外的居多，但創作者不能只是一味地模仿，而忽略了中國文字既有的語言規則。由此看來，當時張系國心目中理想的科幻小說應該是創意性與技巧性兼備才行，而這也成為張系國評審科幻小說重要的依據。

　　之後在 1984 年所舉辦的第七屆中國時報文學獎的科幻小說徵文宗旨中，則再次將科幻小說的評審依據具體化：

> 科幻小說，是以認知性的理念為出發的虛構故事，幻想的基點建立在科學原則上，換言之，即以科學與幻想架構而成的虛構故事；除了對科技發展作嚴肅反省外，科幻小說並從另一角度或空間，直接間接來詮釋當前社會文化的發展。（呂學海，1984）

其中除了表達科學與幻想結合的基本原則之外，另一個重點則是強調對科技發展和社會文化的反省。尤其，後半段的定義解釋，不但為日後科幻獎定出大致的評審趨向，也深深地影響日後參賽者的創作趨向。。

　　是次會議中張系國曾將該次參賽的作品劃分出幾種類別，有純科幻、太空歷險、時空交錯、浩劫後、愛情、偵探、諷刺、轉世不朽、歷史政治等九大主題類別（張系國，1985：1-2），雖然就科幻小說的發展來考量，每種科幻類別若都可以入選，將會帶

給讀者更多不同的感受，瞭解科幻更多的面貌，不過囿於文學獎機制名額的限制，也只能重點性的選擇，如張系國所言：

> 大家必須先決定哪一類給予優先考慮，因為未來科幻小說發展方向難免受到這次甄選的影響。（呂學海，1984）

至於何種科幻類別可以進入選擇之中，從該次入選的作品來看：范盛泓〈問〉、張大春〈傷逝者〉、何復辰〈桃子的滋味〉、林燿德〈雙星浮沉錄〉、黃凡〈戰爭最高指導原則〉，〈問〉、〈桃子的滋味〉是屬於純科幻類，〈戰爭最高指導原則〉屬浩劫後類，〈傷逝者〉、〈雙星浮沉錄〉則屬歷史政治類（張系國，1985：3-4）。當中似乎除了〈桃子的滋味〉具有「休閒小品」（沈君山語）的性質之外，其餘獲選之作品，明顯地偏重於「文以載道」的風格。也正因如此，「文以載道」的價值取向深深影響日後科幻獎的發展，如沈君山於第八屆中國時報文學獎（1985）中就曾提到：

> 我的感覺，是這次作品絕大部分是文以載道型，有些太哲學化、說教，懸疑而能吸引人讀完的太少。

經由首屆科幻獎的評審過程之後，參賽者已大致瞭解到評審對於科幻小說的標準何在，換言之，文以載道型的科幻小說似乎比起機關佈景派的科幻更受評審的青睞，所以參賽者莫不朝此方向發揮。從之後幾屆的科幻獎得獎作品觀之，正可顯示出這種趨勢。

　　另外，有關科幻獎評審的結構，下面則列舉了九次科幻獎的決審委員名單：

年度	科幻獎名稱	決審委員
1984	第七屆時報文學獎 附設科幻小説獎	張系國、沈君山、王建元
1985	第八屆時報文學獎 附設科幻小説獎	張系國、沈君山、王建元
1986	第一屆張系國科幻小説獎	張系國、周浩正、葉言都
1987	第二屆張系國科幻小説獎	張系國、沈君山、周浩正
1988	第三屆張系國科幻小説獎	張系國、周浩正、葉言都
1989	第四屆張系國科幻小説獎	張系國、倪匡、沈君山、張大春、詹宏志
1991	第一屆華人科幻藝術獎	※科幻漫畫獎：張系國、洪德麟、張國立 ※科幻小説獎：張系國、葉言都、張大春
1994	幼獅文學獎・科幻小説獎	瘂弦、張系國、王建元、陳長房、鄭明娳、林燿德
2001	第一屆倪匡科幻獎	※科幻小説獎：張系國、倪匡、葉言都 ※科幻評論獎：倪匡、楊照、葉李華

　　由上表的陳列當中，可以清楚地發現其特色就是「單純」，不論是人選或性別（在這九次科幻獎裡，竟只有一位女性決審委員），都呈現出高度的相似性，也因此相對於其他文學獎常出現

激烈討論的場面，科幻獎的評審過程可算是平和多了[5]。其中人選雖然多少都具有相當的代表性：如沈君山的科學背景；王建元在科幻文學的學術研究方面也相當深入；同屬媒體人的詹宏志和周浩正更是從早期便一直對於科幻有所關注，周浩正甚至曾在《臺灣時報副刊》籌畫過「中國科幻小說大展」專輯；而倪匡、葉言都、張大春、林燿德、葉李華更是對於科幻小說的創作有所鑽研，其他的人如瘂弦、鄭明娳、陳長房、張國立、洪德麟、楊照各有其專業的文學背景。甚至張系國更是在每一次的科幻獎決審會議裡，可說是必要的人選，而之所以張系國能次次參與決審，除了其深厚的文學背景之外，更是對於科幻小說有其獨到且豐富的見解和閱歷，能次次擔任科幻獎的決審委員當不屬意外，也因而他的評審意見相對地具有絕對影響力，換言之，成了能左右其他評審意見的重要潛在因素之一。不過，這種相對「單純」的趨向，不僅一方面透露出臺灣科幻界專業學術人才的缺乏，一方面也有使得創作者為了迎合評審者的品味而刻意創作某方面的科幻小說，進而造成臺灣科幻小說只朝某方面發展的弊病，如「文以載道」式的菁英風格便使得臺灣科幻小說一直缺乏大眾讀者的基礎，進而造成科幻版圖一直無法拓展的侷限，這或許也算是科幻獎無法預料的效應吧。

另外，名額有限的科幻獎總是難免會有遺珠之憾，這時，在科幻獎之後如能有更完善的出版機制，如有科幻雜誌或科幻年度小說選的後續機制運作，此時便會顯得相當重要了。以「年度科幻小說選」來說，其實這便是為了彌補那些無法獲得科幻獎的優

---

[5]　張系國曾經描述到臺灣科幻作家的聚會常是「一派祥和之氣」，可見其間的關係如何。（張系國，1998：301）。

秀作品所設立的另一個管道。如張系國於 1984 年開始編「年度科幻小說選」，編到 1987 年，在這四年的選集裡，除了得獎作品之外，還包括了因為小說獎機制而被犧牲掉的一些好作品，如 1985 年平路的〈百年光景〉，後修改為〈驚夢曲〉。1986 年范盛泓的〈腫瘤〉。1987 年葉李華〈無盡的愛〉、賀景濱〈老埃的故事〉、何善政〈馳援〉、平路〈五印封緘〉、蔡澔淇〈臨時演員〉。1989 年許順鏜〈傀儡血淚〉、孫占森〈魔方監獄〉。不過年度科幻小說的稿源僅來自於科幻獎的話，這還是一個相當被動的方法，因為除了科幻獎的作品外，還需要有其他報章媒體願意提供科幻小說創作的發表園地，如此才能在質量俱佳的情況下編成「年度小說選」，因此假如其他報章媒體無法提供科幻小說的創作園地，單靠科幻獎單方面的機制是無法培養出更多的創作人材的，而這也是後來《幻象》雜誌之所以會創辦的原因之一。《幻象》做為一個獨特類型的專業雜誌，其原來創辦的目的便是要讓科幻創作者有一特定的發表空間，而這一份雜誌也的確扮演這樣的角色，但是，當檢視八期的《幻象》內容時，有多少獲得科幻獎的新人於其中繼續發表創作呢？除了少數幾位知名的作家如張大春、黃凡、林燿德本身轉向其他文學方面繼續創作之外，其他像范盛泓、葉李華、許順鏜、何復辰、高正奕……等人從此少有新的科幻小說創作產生，如此對於科幻文壇來說殊為可惜。因此，如何在華麗風光的科幻獎背後，提供更完善的創作發表園地給那些優秀的創作者，鼓勵他們繼續創作，這些後續人材培養才是讓臺灣科幻長久發展的關鍵因素，而非僅是一次次熱鬧喧騰的科幻嘉年華而已。

今日重新審視科幻獎對於臺灣科幻小說發展的影響，其所具備的時代意義可說它是促成 80 年代科幻運動的一項重要因素，因

為藉由科幻獎的舉辦，科幻小說的地位與價值相對地被提升了，到了 90 年代末，葉李華更藉著科幻獎將倪匡的科幻小說作一番價值的調整。換言之，如果說張系國等人在 80 年代藉由科幻獎替科幻小說「正名」，那在 90 年代末葉李華也以同樣手法替倪匡科幻「去污名」，可見科幻獎對於臺灣科幻小說的發展是有其不可忽略的重要意義，或可言之，假如沒有科幻獎的舉辦，臺灣科幻小說的發展將呈現停滯或緩慢的發展過程，如此的說法，正可從在 1995 年到 2000 年這一段沒有科幻獎舉辦的時間歷程中得到映證。

第三節　出版社

　　科幻小說在臺灣的出版概況，大致可以 80 年代作為區隔，80
年代以前，不論本土科幻創作或國外翻譯作品皆成零星的發展。
直至 80 年代後，才可見某些大規模、有計畫的出版，如從 80 年
代的國家、星際、照明、知識系統、遠景，到 90 年代的尖端、漢
聲、風雲時代、皇冠、時報，及世紀初的成陽、天下文化、棠雍、
臉譜……等等，或多或少都扮演著豐富臺灣科幻市場的角色。因
此若能從研究科幻小說的出版著手，或可以對臺灣科幻小說的發
展有另一不同省思的視角。

　　首先有關科幻小說出版樣本的取得，主要是根據科幻愛好者
貓昌（林翰昌）所編纂的〈臺灣科幻全書目〉[6]資料來加以整理統
計，且將時限訂於 2001 年 12 月底。因此，所獲得的國外科幻小
說樣本數為 266 本，中文創作科幻小說樣本數為 150 本[7]。【圖一】
為臺灣歷年來不論是翻譯或中文創作的科幻小說發展圖。

---

[6]　有關科幻小說在臺灣出版概況，可參閱科幻愛好者貓昌（林翰昌）所編纂之
　　〈臺灣科幻全書目〉，其中內容分為「中文科幻創作」、「中文科幻創作選
　　集」、「中文科幻童書創作」、「中文科幻童書創作選集」、「中文科幻論
　　述」、「翻譯科幻作品」、「翻譯科幻選集」、「翻譯科幻童書」、「翻譯
　　科幻論述」、「科幻影視動漫遊戲衍生作品」、「中文科幻學術論文」、「中
　　文科幻期刊」等大類。此書目當可稱為目前臺灣最為齊備的科幻書目。
　　（http://danjalin.blogspot.com/）

[7]　此數目的計算方式是以「一本」為單位，如張系國的《五玉碟》、《龍城飛
　　將》、《一羽毛》雖屬同一故事情節，故以「三本」為計，又尖端出版的《銀

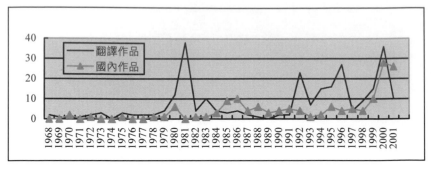

圖一：歷年科幻小說出版情況

一、科幻翻譯小說

　　若從翻譯小說引介時期來看，基本上有四個可注意的時期，分別為 1981 年、1992 年、1995-1996 年、2000 年。早期較有系統地出版科幻翻譯書籍的出版社，當屬 80 年代初期，由國家、星際、照明三家出版社所掀起的一系列國外科幻小說翻譯熱潮。國家出版社推出由王凱竹主譯的「國家科幻叢書」，星際出版社則以「世界科幻名著選集」為名，而照明出版社以「照耀明日的書」為號召，三家出版社合計出版約 50 種科幻作品，在當時可謂是具有相當規模的出版計畫，且對於 80 年代臺灣科幻風氣的興起有相當的助益。因此可以看到單在 1981 年的科幻小說出版便高達了 38 本之多，佔歷年來的總數比 14.2%，不過可惜的是這股翻譯風潮並未持續下去，直到 1992 年尖端出版社引進日本暢銷的科幻作

河英雄傳說》有二十冊，亦以「二十本」為計。因為筆者以為一本書便代表一次的「曝光率」，所以「續集」的情況亦加以算入。

家田中芳樹的科幻史詩大作《銀河英雄傳說》，似乎才讓臺灣的
科幻市場有另一股新的風潮，不過在高數字的底下，其實那一年
科幻的市場並如 80 年代初期展現的那種多元化翻譯特點，而只能
算是田中芳樹的個人秀而已。當年可算科幻小說新譯作的，也只
有狄恩・庫茲（Dean R. Koontz）的《寒焰》（Cold Fire，中華）
而已，其他如《美麗新世界》（志文）、《一九八四》（遠景）
更是出版多次的老譯作。總之，是年對於臺灣的科幻讀者而言，
這種構思龐大、以戰爭謀略為主的《銀河英雄傳說》也讓他們見
識到迴異於歐美科幻小說風格的日本科幻佳作，而尖端也成了「田
中芳樹」在臺灣的代言人。

　　1995-1996 年需特別注意的科幻力作當可算是由葉李華為漢
聲出版社所翻譯的一系列艾西莫夫作品：《基地》、《基地與帝
國》、《第二基地》、《第二基地》、《鋼穴》、《基地邊緣》、
《基地與地球》、《裸陽》、《曙光中的機器人》。不過，這也
只是葉李華為漢聲翻譯艾西莫夫科幻小說中的二分之一而已，另
外的二分之一則因某些因素下未能出版，這對於科幻讀者而言無
疑是一種遺憾（蘇惠昭，2000：16）。不過其高售價的定價策略，
對於科幻推廣的效益，仍有待商榷。

　　而到了 90 年代末，由葉李華所興起的一股科幻風潮亦反映在
科幻小說的譯介上。以出版科學與人文及社會思潮書籍為主的強
勢媒體「天下文化」，在葉李華的策劃下也以〈科・幻 SF〉鮮明
的旗幟攪動了以往混沌的科幻市場，而其他如新雨、臉譜、遊目
族、宏文館、棠雍……等等多家出版社也加入科幻小說的譯介行
列當中，因此在 90 年代末臺灣的科幻市場熱鬧非凡，成為臺灣科
幻文學出版史上的另一高峰。

其次，在出版社的統計方面，統計出共有 65 家出版社曾有過出版科幻小說的紀錄（見【表一】），其中出版次數最多的有：尖端（40）、國家（22）、麥田文化（21）、星際（20）、漢聲（19）、皇冠（17）、照明（11）、輕舟（9）、天下文化（8）、小知堂文化（8）。不過，本數目的統計是以「一本」書就算一次的「曝光率」來計算的，所以往往會有因為「連續數集」的作品出現，而拉高了統計的數目。就如出版最多的「尖端」而言，在那高達 40 的統計數目下，其實它也只出版了《銀河英雄傳說》（分別為 1992 年二十冊版以及 2000 年十冊版）、《銀河英雄傳說外傳》四冊（1996）、《銀河英雄傳說新傳》（1999）、《夢幻都市》（1999）、《戰場夜想曲》（2000）、《鐵達尼亞》三冊（2000）等六種科幻書籍而已。因此真正出版數目種類最多的當屬 80 年代初期的「國家出版社」，而從其在《國家科幻叢書》的總序中，更明顯看出當初出版此叢書的期望：

> 由於「科幻」能很準確地反映出一個國家的科技水準，也能觸發人類對未來的思考力，因此筆者深深希望能藉此叢書引起大眾對科幻的注意與了解。我們深信科幻文學必能因此為現代文壇帶來新局面，同時也更能激發國人探討科幻的興趣。（林燿德，1993：45）

而這種期望正或許是來自於多年來一直為提升科幻價值的那些推動者心目中的那股信念吧。另也如林燿德所言的，當時期能夠出版這一套科幻叢書，似乎「已預示了科幻文學在臺灣的『正統文學』之外獨樹一幟的潛能」（林燿德，1993：45）。然而可惜的

是，曾在 80 年代初期積極出版科幻小說的出版社（國家、星際、照明）之後也紛紛結束營業，而少了推動科幻的有力助因。到了 90 年代，由於版權和市場等外在因素，80 年代初期那種大規模引介國外科幻小說的出版情況已不復再見，呈現的僅是出版社對於某些具有市場可能的作品或作家的零星引介。

而在所曾經出版過的國外科幻作家方面，統計共有 61 個作家被引介進臺灣，其中被出版最多次的依序是：田中芳樹（40）、艾西莫夫（35）、馮內果（20）、喬治‧歐威爾（15）、克拉克（13）、赫胥黎（10）、海萊因（8）、瑪麗‧雪萊（8）、克萊頓（7）、布萊伯雷（7）、史蒂文生（6）、H.G.威爾斯（6）、儒勒‧凡爾納（5）。其實若稍微統計一下，便可以發現以上 13 位佔全數作家的 21%，可是卻出版了佔全數作品的 67% 之多，所以可見國內出版社特別喜愛某些科幻作家的作品，甚至一再重複出版某本著作（如喬治‧歐威爾的《一九八四》和赫胥黎的《美麗新世界》便有十幾個版本之多），而對於新近的科幻創作則較少引進，這其中或許牽涉到策劃者本身的喜好，也或者考量到市場接受的因素，因而限定在某些作家或類型的科幻譯介上，不過，如此的出版行為只會將科幻導向一既定的方向，限定了讀者的品味，使得原本想激發讀者不同想像領域的美意打了些折扣。

表一：曾出版翻譯科幻小說之出版社

編號	出版社	數目	編號	出版社	數目	編號	出版社	數目
1	九歌	1	23	東大	1	45	麥田文化	21
2	人本自然	1	24	林白	1	46	智庫	1
3	三久	1	25	林鬱文化	3	47	棠雍	3
4	大中國	1	26	知識系統	1	48	華國	1
5	大步文化	2	27	金楓	1	49	新雨	4
6	大府城	1	28	故鄉	1	50	照明	11
7	小知堂文化	8	29	星光	3	51	獅谷	1
8	中華	2	30	星際	20	52	萬象	5
9	今日世界	1	31	皇冠	17	53	遊目族	2
10	天下文化	8	32	時報	6	54	漢風	2
11	天天文化	2	33	書華	1	55	漢聲	19
12	文言	1	34	桂冠	2	56	臺灣商務	3
13	王家	1	35	益群	1	57	輕舟	9
14	幼獅	1	36	純文學	1	58	遠景	4
15	正文	2	37	馬可孛羅	1	59	德格	1
16	全民	1	38	高寶	1	60	黎明	2
17	尖端	40	39	國家	22	61	錦繡	2
18	年鑑	1	40	寂天文化	1	62	聯廣	1
19	宏文館	2	41	探索文化	1	63	聯經	1
20	希代	1	42	晨星	1	64	臉譜	3
21	志文	6	43	淡江學院祕書處研究發展組	1	65	駿馬	1
22	文皇	1	44	華冠	1	66		

二、中文科幻創作小說

表二：曾出版中文創作科幻小說之出版社

編號	出版社	數目	編號	出版社	數目	編號	出版社	數目
1	大田	1	11	皇冠	10	21	雅音	1
2	元尊文化	1	12	耶魯	2	22	雅歌	1
3	成陽	33	13	風雲時代	25	23	圓神	1
4	希代	9	14	時報	16	24	照明	3
5	沙發書坊文化	2	15	草根	1	25	資訊人文化	1
6	言心	1	16	純文學	1	26	僑聯	2
7	知識系統	16	17	探索	2	27	漢光	1
8	金蘭文化	1	18	晨星	1	28	遠流	2
9	前衛	2	19	麥田文化	1	29	聯經	7
10	洪範	3	20	鄉野	2	30	星際	1

綜觀臺灣本土科幻創作的出版，可以發現從 80 年代開始，臺灣科幻小說創作的出版基本上是呈現緩慢的發展狀態（如圖一）。而在臺灣科幻小說發展過程中，其中最重要的出版社莫過於是由張系國於 1982 年籌辦的「知識系統出版公司」，其出版了一系列當代臺灣作家及科幻獎的精彩作品。而「知識系統」之所以能夠在當時成為臺灣第一個以本土作家為主的專業出版社，誠如張系國所言：

> 一九八二年，在洪範書店及許多友人的支持下，知識系統出版公司成立了。這個出版公司，祇出版科學叢書及科幻叢書；但不論是科學書籍或科幻作品，都強調用自己的話來討論分析問題。我認為祇有這樣，科學的、理性的、認知的態度，才能生根苗壯。（張系國編，1985：1-2）

因此，如何「用自己的話」來呈現出想要以及能代表自己的科幻作品，便成為當時豎立起臺灣本土科幻標誌的重要目標，而之後該出版社也確實推出了一系列臺灣本土作家的科幻作品，如《當代臺灣科幻小說選Ⅰ、Ⅱ》、《（73-76）年度科幻小說選》、《上帝們—人類浩劫後》（黃凡，1985）、《銀河迷航記》（黃海，1985）、《海天龍戰》（葉言都，1987）、《時空遊戲》（葉李華，1990）……，可說為推廣當代臺灣科幻小說盡相當大的心力，然而到了90年代初，由於經費及創作量的問題，漸漸淡出科幻市場，而喪失如此有力的科幻重鎮，其實也間接地影響到臺灣中文科幻創作的出版。

不過，到了90年代中期，像時報、皇冠、聯經、遠流等亦有出版少量的科幻創作，雖然，他們不一定將此類作品當作科幻小說來出版，或許只是將之視為文學作品來行銷。但是，也由於「出版」的這項動作使得臺灣讀者還是可以接觸到一些不錯的科幻小說。而且雖然某些作家也並不專以科幻寫作為主，而只是借用科幻的形式來表現其文學意圖，不過，這也表示了有更多的創作者願意以科幻形式嘗試新的議題，這對於拓展科幻的層面也還是有所幫助的。

到了90年代後期，「風雲時代」與「成陽」出版社可說在中文科幻創作小說上推出一張豐富書單（見表二）。其實熟知倪匡科幻小說的讀者當不會不清楚「風雲時代」出版社在一些流行大眾化小說上的努力，雖然它所出版的書籍在主流論述批評下並未獲得多大的肯定，但因它掌握了所謂大眾流行的脈動，所以更易獲得大眾讀者的青睞，如新生代作家蘇逸平在短短兩年便於風雲時代推出一系列市場反應不錯的「星座傳奇」科幻小說。另，於

2000 年將中文科幻創作當作主力的「成陽」，亦在目前臺灣科幻市場佔有相當的版圖，並積極開發新生代作家從事科幻創作，如已從「幼獅文藝科幻小說獎」獲得肯定的洪凌便在成陽推出兩大系列「宇宙奧狄賽」和「九死一生」集科幻魔幻於一體的星際故事，及席爾也以「永生之耀」與「女性世紀」兩大主軸構築其豐富的想像世界。雖然，成陽目前規劃的受眾對象是以一般大眾讀者為主，相對於「天下文化」等著力於科幻經典的經營有所不同，但透過如此分層分類的思考，或許可矯正以往抱有精英主義式的推動模式，為中文科幻創作帶來另一波的新契機。所以，「成陽」與「風雲時代」近年來積極地投入中文科幻創作的出版，的確也為一些新的創作者提供發表與磨練的機會，這對於科幻人才的培養來說是有莫大幫助的。

　　總之，近年來科幻的熱潮在媒體的持續注意下，有逐漸加溫的傾向，但如何能夠維持這股熱潮不退，使科幻市場能夠因之而擴大，以及在推動科幻的前提下，如何在翻譯與創作兩方面有所兼得，前人的出版經驗或可做為借鏡。

參考書目

石靜文記錄，1987，〈美人魚和複製人——張系國科幻小說決審會議紀
　　實〉，《中國時報》1987.11.13，「人間副刊」。

丘彥明記錄，（1981）1982，〈聯合報 70 年度中、長篇小說獎總評會議紀
　　實〉，收入黃凡，《零》，臺北：聯合報社，頁 3-52。

李鹽冰記錄，1986，〈科幻‧歷史‧俠〉，《中國時報》1986.9.21，「人間
　　副刊」。

呂學海記錄，1984，〈小說新戰場的先頭部隊——科幻小說決審會議紀
　　實〉，《中國時報》1984.10.21-22，「人間副刊」。

呂學海、呂維琴記錄，1983，〈科幻之旅——張系國與王建元談科幻小
　　說〉，《中國時報》1983.9.29-30，「人間副刊」。

林燿德，1993a、b，〈臺灣當代科幻小說（上）（下）〉，《幼獅文藝》1993.7：
　　42-48；1993.8：44-47。

張之傑，1983，〈編輯報告〉，《大眾科學》4.6（1983.6）：4。

張之傑，1998，〈「科學與科幻專輯」經緯〉，《科學月刊》338（1998.2）：97。

張系國編，1985，《七十三年科幻小說選》，臺北：知識系統。

張系國編，1988，《無盡的愛——七十六年科幻小說選》，臺北：知識系統。

張系國編，1985，《當代科幻小說選Ⅰ》，臺北：知識系統。

張系國著　葉李華　講評　1998　〈宇宙香爐——科幻小說風潮論〉　收入陳
　　義芝　主編　1998　《臺灣現代小說史論》，臺北：聯經，頁 300-312。

駱紳記錄　1986　〈窺夢奪魁——張系國科幻小說獎決審會議紀實〉，《中
　　國時報》1986.10.21，「人間副刊」。

蘇惠昭，2000，〈科幻小說出版在臺灣〉，《誠品好讀》4（2000：10）：16。

結語

　　在臺灣文學史的書寫裡，科幻小說總是難以被文學史家所重
視，但事實上臺灣科幻小說仍有其豐富的文學及文化價值存在。
就歷史發展而言，臺灣科幻小說歷經了「發展期」、「黃金期」、
「轉變期」、「再興期」四個階段的變化。從中可以看出早期黃
海的辛勤耕耘為臺灣科幻文學史添加了豐富的一頁，在進入 80
年代後臺灣科幻文壇於張系國等人的鼓吹奔走之下，逐漸使得科
幻小說成為臺灣文學中不可忽視的一類。另一方面，香港倪匡科
幻小說的登臺在當時也引起一股倪匡科幻熱潮，其豐富的想像力
與怪誕的情節吸引了無數讀者的心，迄今不滅。所以倪匡的通俗
與張派科幻的「文以載道」在 80 年代後形成了臺灣科幻小說兩種
不同發展方向。90 年代隨著社會發展的多元化，伴隨而來的意識
型態改變也促使了臺灣科幻的走向漸趨轉變。直到 90 年代末，於
美回國推廣科幻與科普的葉李華則是試圖將倪匡與張系國二者
所代表的科幻路線結合為一，並且在世紀初將臺灣科幻帶向另一
高峰。

　　科幻小說原興起於歐美地區，原因與其地區的歷史環境和人
文傳統有相當密切的關連，而在臺灣甚至整個華文世界由於民
族、地域、文化等差異，因此若想完全模仿或延襲歐美科幻的風
格，不僅不可能而且也無必要，所以臺灣科幻的推動者和創作者

便相當地自覺想走出屬於華人風格的科幻，他們提出所謂的「中國風味的科幻」作為華文科幻的目標與期許，因而我們可明顯看出臺灣科幻從「西化」走上「中化」的轉化歷程。另一方面，科幻小說原本便有通俗性、娛樂性的趨向，因此如何將科幻小說從通俗地位提升到嚴肅文學的範疇，這方面我們也看到了臺灣科幻作家們的努力。而從科幻文學的主題演變來看，亦發現臺灣科幻小說從早期的「國族」為主要論調，到近來對「性別」的著重，似乎也顯現出世代、性別之間的差異性。

最後，討論臺灣科幻小說的發展必不容忽視的便是文學傳播機制的影響。從臺灣科幻小說的發展歷程來看，可以發現文學傳播機制的運作對於科幻發展的確扮演著舉足輕重的角色。首先，從早期報章媒體對於科幻小說的冷漠，造成科幻小說「發言權」管道的窄化，到科學雜誌為求真而必須忽略科幻小說作為文學的美感，這些都讓科幻提倡者認知到唯有創辦屬於自己的科幻雜誌才能真正地對科幻的推廣有所幫助，所以《幻象》的出版也隱含了強化 80 年代臺灣科幻勢力的用意。其次，科幻獎的設立，一方面激發出許多優秀的科幻作家和科幻作品，另一方面對於臺灣科幻的價值提升也具有相當正面的意義。再者，科幻小說的出版從早期「國家」、「星際」、「照明」等三家出版社到近來有愈來愈多的出版社願意加入科幻市場的經營，這些無疑地對臺灣科幻的發展具有正面的效益。

以往在臺灣，科幻小說在一般社會大眾的心目中是逃避現實的娛樂休閒讀物，而在文壇裡相對於寫實的作品，它又是屬於「非主流」的文學創作，故在兩者之間，往往得不到正確的評價。可是，三十多年來，隨著有心人的努力，臺灣科幻在亦步亦趨中摸

索成長，雖然成果有限，不過也耕耘出一片園地，因此，在這世紀初之際，為三十多年臺灣科幻作一回顧式的審視，除有階段性整理之意義外，對於日後建構起華文科幻的論述或有基礎性的幫助。

附錄一
臺灣科幻相關論述

一、專著

呂金駿（呂應鐘），1980，《科幻文學》，臺北：照明。

呂應鐘、吳岩合著，2001，《科幻文學概論》，臺北：五南。

沈西城，1983，《我看倪匡科幻》，臺北：遠景。

洪凌，1996，《魔鬼筆記——科幻、魔幻、恐怖、怪胎文本的混血論述》，臺北：萬象。

洪凌，1999，《倒掛在網路上的蝙蝠》，臺北：新新聞。

張系國，2001，《V 托邦》，臺北：天下遠見。

二、報紙、期刊、論文集

文蘭方，1985，〈為未來文明修史的張系國〉，《新書月刊》24（1985.9）：84-88。

方唐，1987，〈嚴肅的虛構——評葉言都科幻小說「海天龍戰」〉，《文訊》31（1987.3）：304-305。

方以庸，1986，〈科幻小說的社會價值〉，《臺灣時報》1986.5.7，「副刊」。

王建元，1984，〈在多樣姿影的迷幻中——〈傷逝者〉短評〉，《中國時報》1984.10.24，「人間副刊」

王建元，1994a，〈科學意念與科幻小說之間〉，《幼獅文藝》79.1（1994.1）6-9。

王建元，1994b，〈八十三年度幼獅文學獎科幻小說獎總評〉，《幼獅文藝》
　　79.3（1994.3）：4-8。

王建元，1997a，〈景觀文化‧科幻電影機械人‧性別政治〉，《幼獅文藝》
　　84.1（1997.1）：23-26。

王建元，1997b，〈一次科幻的時空之旅〉，《幼獅文藝》84.10（1997.10）：
　　68-73。

王美霞記錄，1981，〈科幻小說的新天地〉，《書評書目》98（1981.7）：
　　129-142。

王開平，1999，〈孤獨的星球—訪小說家張系國〉，《聯合報》1999.4.12，
　　「讀書人周報」。

王溢嘉，1990，〈今古奇譚—科幻小說與筆記小說〉，《幻象》1（1990.1）：
　　59-66。

王溢嘉，2001，〈科幻的新瓶舊酒〉，《中國時報》2001.2.28，「人間副刊」。

王德威，1985，〈科幻與寫實的交集〉，《聯合文學》11（1985.9）：212-213。

丘德真，2002，〈臺灣科幻社群——葉李華解讀〉，《破週報》193
　　（2002.1.11-20）：5-6。

石靜文記錄，1987，〈美人魚和複製人——張系國科幻小說獎決審會議紀
　　實〉，《中國時報》1987.11.13-14，「人間副刊」。

向鴻全，2002，〈科幻文學在臺灣〉，《文訊》196（2002.2）：34-37。

朱綱孫記錄，1990，〈先小說後科幻——第十二屆時報文學獎附設張系國
　　科幻小說獎決審會議紀實〉，《中國時報》1990.1.4-5，「人間副刊」。

江振昌，1985，〈中國大陸的科幻小說〉，《文訊》1985.6：64-72。

吳金蘭記錄，1994，〈在科幻與文學的臨界點——科幻小說獎決審會議記
　　實〉，《幼獅文藝》79.4（1994.4）：17-41。

吳玲瑤，1991，〈女人與科幻〉，《幻象》4（1991.2）：21-28。

呂金駿，1979a，〈談科幻文學〉，《明日世界》57（1979.9）：28-32。

呂金駿，1979b，〈讓科幻紮根〉，《明日世界》59（1979.11）：28-30。

呂堅平，1990，〈科幻與小說的比例——精靈古怪的葉李華〉，《文訊》59
　　（1990.9）：113-116。

呂學海記錄，1983，〈科幻之旅──張系國與王建元談科幻小說〉，《中國時報》1983.9.29-30，「人間副刊」。

呂學海記錄，1984，〈小說新戰場的先頭部隊──科幻小說決審會議紀實〉，《中國時報》1984.10.21-22，「人間副刊」。

呂應鐘，1976，〈淺談科學小說〉，《中央日報》1976.10.2，「副刊」。

呂應鐘，1980，〈時代的文學──科幻小說〉，《綜合月刊》138（1980.5）：36-141。

呂應鐘，1981a，〈科幻作品的價值〉，《臺灣時報》1981.2.2，「副刊」。

呂應鐘，1981b，〈我的科幻文學觀〉，《臺灣時報》1981.2.3，「副刊」。

呂應鐘，1981c，〈從幻想到事實〉，《臺灣時報》1981.2.13，「副刊」。

呂應鐘，1983，〈天人之境──科幻的現在與未來〉，《大眾科學》4.6（1983.6）：7-8。

呂應鐘，1985，〈提倡科幻‧邁向未來─兼談大學開授科幻課程〉，《明日世界》124（1985.4）：36。

呂應鐘，2000，〈科幻、網路、新感情〉，《中國時報》2000.4.1，「人間副刊」。

宋慧君，1990，〈黃海為科幻藝術立碑〉，《中國時報》1990.7.31，「開卷版」。

李文冰記錄，1997，〈尋找「失落的一環」──張系國與 X 世代的交集〉，《幼獅文藝》84.1（1997.1）：5-15。

李有成，1991，〈歷史與銅像─評張系國的《一羽毛》〉，《中時晚報》1991.8.25。

李有成，1994，〈異形反撲〉，《中外文學》264（1994.5）：186-195。

李偉才，1998，〈科幻中的科學〉，《科學月刊》338（1998.2）：101-106。

李偉才，2000，〈攀登科幻的高峰〉，《誠品好讀》4（2000.10）：12-14。

李硯記錄，1985，〈科幻也要文質彬彬──第八屆時報文學獎附設科幻小說獎評審記錄〉，《中國時報》1985.10.12-13，「人間副刊」。

李鹽冰記錄，1986，〈科幻‧歷史‧俠〉，《中國時報》1986.9.21，「人間副刊」。

沈冬清，1994，〈隱俠儒三位一體的創作者——張系國〉，《幼獅文藝》487
（1994.7）：28-33。

辛鬱，1992，〈「科幻詩」初探〉，《幻象》8（1992.9）：84-87。

周成功，1992，〈生命、心靈與科幻小說〉，《幻象》8（1992.9）：4-5。

林倩如，2002，〈科幻大崩墜——出版相對論小說超新星〉，《破週報》193
（2002.1.11-20）：4-5。

林燿德，1992，〈成熟的甜度—評黃凡科幻小說集《冰淇淋》〉，《幻象》7
（1992.9）：106-107。

林燿德，1993a、b〈臺灣當代科幻文學（上、下）〉，《幼獅文藝》475
（1993.7）：42-48；476（1993.8）：44-47。

林繼珠記錄，2001，〈太空探險與火星殖民——科幻小說是科學預言
嗎？〉，《中國時報》2001.7.19，「人間副刊」。

牧童（黃海），1982，〈我國現代科幻小說的萌芽・成長及其背景〉，《臺
灣時報》1982.11.19-20，「副刊」。

邱竹林，1980，〈談未來在大學開授「科幻文學」課程〉，《明日世界》63
（1980.3）：56-57。

金濤，1998，〈科幻的科普功能〉，《科學月刊》338（1998.2）：110-112。

金多誠，2000，〈寧為科幻探險家——科學博士葉李華的另類抉擇〉，《中
國時報》2000.7.9，「人間副刊」。

洪凌，1994，〈沁血的鋼管——生化魔偶與龐克科幻物語〉，《幼獅文藝》
484（1994.4）46-49。

洪凌，1998，〈科幻極短篇的趣味〉，《幼獅文藝》85.4（1998.4）：30-33。

洪政銘記錄，1988，〈審判科幻外遇——第十一屆時報文學獎「張系國科
幻小說獎」決審會議紀實〉，《中國時報》1988.11.19，「人間副刊」

紀大偉，1994，〈「假作真時真亦假」——漫談「虛擬真實」與電影〉，《幼
獅文藝》484（1994.4）：42-45。

范盛泓，1998，〈科幻創作與生物科學〉，《科學月刊》338（1998.2）：
107-109。

倪匡，2000，〈一段科幻緣〉，《中國時報》2000.4.1，「人間副刊」。

唐諾，2000，〈科幻小說不可能的迷思〉，《聯合報》2000.11.13，「讀書人周報」。

孫嘉芳，2002，〈臺灣科幻文學幕後的推手——專訪葉李華先生〉，《文訊》196（2002.2）：41-44。

桂文亞，1977，〈奇想記——張系國的科幻小說天地〉，《聯合報》1977.7.3，「副刊」。

馬森，1995，〈邊陲的反撲——評三本「新感官小說〉，《中外文學》24.7（1995.12）：140-145。

張草，2000a，〈我是被科幻餵大的〉，《中國時報》2000.4.1，「人間副刊」

張草，2000b，〈時間旅行〉《自由時報》2000.7.13，「副刊」。

張草，2000c，〈科幻類型演變大綱〉，《誠品好讀》4（2000.10）：6-9。

張草，2000d，〈科幻推背圖〉，《科學月刊》（2000.11）。

張大春，1983，〈「五玉碟」的ㄅㄆㄇ〉，《新書月刊》1（1983.10）：24。

張小虹，1992，〈袋裡乾坤—評李黎的《袋鼠男人》〉，《幻象》7（1992.9）：108-109。

張之傑，1998，〈「科學與科幻專輯」經緯〉，《科學月刊》338（1998.2）：96-99。

張系國，1977，〈奇幻之旅——科幻電影縱橫談〉，《中國時報》，1977.6.15，「人間副刊」。

張系國，1986，〈異形〉，《中國時報》1986.9.29，「人間副刊」。

張系國，2000，〈陌生的美〉，《自由時報》2000.7.11，「副刊」。

張國立，1992，〈科幻大對決〉，《幻象》6（1992.3）：98-103。

張國慶，1994，〈資本主義與「他人」的概念：當代科幻電影的社會意涵〉，《中外文學》264（1994.5）：196-206。

張啟疆，1997，〈科學與幻想對寫作的重要性〉，《幼獅文藝》84.5（1997.5）：54-57。

張錦忠，1994，〈黃凡與未來：兼註臺灣科幻小說〉，《中外文學》264（1994.5）：207-217。

張麗麗記錄，1999，〈二十一世紀傳奇——張系國談未來世界〉，《幼獅文藝》546（1999.6）：40-42。

曹郁美，1979，〈柳暗花明又一村——評介科幻小說「海的死亡」〉，《書評書目》74（1979.6）：60-64。

梁憲初，1986，〈封神榜與科幻〉，《臺灣時報》1986.5.8，「副刊」。

許素華，2000，〈上天下地縱橫過去與未來——張草自由行〉，《中華日報》2000.1.31，「副刊」。

郭中一，1995，〈心智與感情的交溶——文學與科學〉，《幼獅文藝》496（1995.4）：34-37。

郭中一，1998，〈情色兩得話科幻〉，《科學月刊》338（1998.2）：92-93。

郭延禮，1996，〈我國最早翻譯的科幻小說〉，《中央日報》1996.6.5，「副刊」。

陳文瀾，2000，〈華文科幻網站大搜尋〉，《誠品好讀》4（2000.10）：18。

陳克華，1983，〈科幻與醫學〉，《大眾科學》4.6（1983.6）：13-16。

陳宏莉，2000，〈從飄洋過海的古董書櫥中孵出張草〉，《星報》2000.1.12，「影劇副刊」。

陳長房，1994，〈科幻小說將愈見重要〉，《幼獅文藝》70.1（1994.1）：4-5。

陳國偉，2000，〈穿上太空靴的諾斯特拉達姆斯——科幻小說的未來／歷史預言〉，《中央日報》2000.10.11，「副刊」。

陳超明，1992，〈談談科幻小說——傳統或異類〉，《幼獅文藝》76.6（1992.12）：46-49。

陳超明，1993，〈奇幻與科幻之間——想像力出擊〉，《幼獅文藝》479（1993.11）：7-8。

陳裕盛，1997，〈一部化繁為簡的世界史縮影——林耀德的科幻小說《時間龍》〉，《文訊》（1997.3）：10-13。

陳漢平，1990a，〈等待外星人〉，《幻象》2（1990.4）：15-17。

陳漢平，1990b，〈沙豬福音與兩性未來〉，《幻象》3（1990.9）：10-13。

陳耀鑫，1980，〈科幻小說——一種未來過程的重要工具〉，《明日世界》66（1980.6）：55。

章杰，1983，〈近年來大陸上的科幻小說〉，《大眾科學》4.6（1983.6）：17-18。

傅吉毅，2002a，〈科幻小說是一種追求理想的文類——專訪張系國先生〉，《文訊》196（2002.2）：38-40。

傅吉毅，2002b，〈臺灣科幻文學研究資料〉，《文訊》196（2002.2）：45-53。

湯芝萱記錄，1994a，〈未來歷史的荒謬紀事——談張大春的《病變》〉，《幼獅文藝》79.1（1994.1）：10-14。

湯芝萱記錄，1994b，〈超越廿一世紀——解讀〈老大姊注視你〉〉，《幼獅文藝》79.5（1994.5）：19-22。

焦慧蘭記錄，1993a，〈大家一起來幻想〉，《幼獅文藝》479（1993.11）：22-25。

焦慧蘭記錄，1993b，〈二十世紀的〈潘渡娜〉〉，《幼獅文藝》480（1993.12）：14-17。

程榕寧，1972a、b，〈黃海創作科學小說〉，《大華晚報》1972.12.11、18，「第10版」。

程榕寧，1979，〈黃海談如何寫作科幻小說〉，《大華晚報》1979.10.28，「第7版」。

黃海，1979a，〈科學‧超科學與科幻作品〉，《書評書目》74（1979.6）：50-59。

黃海，1979b，〈科幻小說的寫作〉，《明日世界》54（1979.6）：26-31。

黃海，1981，〈黃海與鄭文豪的對談〉，《臺灣時報》1981.1.2，「副刊」。

黃海，1984，〈新春‧未來‧科幻〉，《臺灣日報》，1984.2.3，「副刊」。

黃海，1986，〈科幻小說答客問〉，《文訊》26（1986.10）：141-146。

黃海，1991，〈乘著想像的翅膀——兒童文學創作的心路歷程〉，《臺灣日報》1991.4.3。

黃海，1992a，〈時間旅行的奇思幻想〉，《幻象》6（1992.3）：28-29。

黃海，1992b，〈科幻與性〉，《幻象》6（1992.3）：30-31。

黃海，1992c，〈同樣的「點子」不同的樣子〉，《幻象》8（1992.9）：6-7。

黃海，1993a，〈五四前後被請到中國來的化了裝的「賽先生」〉，《聯合報》1993.5.4，「副刊」。

黃海，1993b，〈兩岸「想像力」的角力——臺灣與大陸科幻小說的回顧與反思〉，《中時晚報》1993.5.10-11，「15版」

黃海，1996，〈由科幻、童話精神到二十一世紀的文學〉，《文訊》95
　　（1996.11）：7-11。

黃海，1998a，〈科幻的科學預言〉，《科學月刊》338（1998.2）：113-117。

黃海，1998b，〈科幻與二十一世紀〉，《科學月刊》338（1998.2）：118-122。

黃海，1998c，〈科幻小說，童話特質的文學〉，《國語日報》1998.4.5，「兒
　　童文學版」。

黃炳煌（黃海），1983，〈臺灣科幻小說初期發展概述〉，《大眾科學 4.6
　　（1983.6）：19-22。

楊子，1999，〈科學小說〉，《聯合報》1999.11.8，「副刊」。

葉永烈，1990，〈中國大陸科幻小說的低潮及其原因〉，《幻象》1（1990.1）：
　　166-171。

葉李華，1990，〈超人的幻象〉，《中國時報》1990.6.27，「人間副刊」。

葉李華，1991，〈〈腔〉導讀〉，《幻象》4（1991.2）：101-109。

葉李華，1992，〈尋找倪匡〉，《幻象》8（1992.9）：142-145。

葉李華，1998，〈開宗明義論科幻〉，《科學月刊》338（1998.2）：99-100。

葉李華，2000a，〈中文科幻獎回顧〉，《中國時報》2000.4.2，「人間副刊」。

葉李華，2000b，〈三種科幻飲料〉，《自由時報》2000.7.11，「副刊」。

葉李華，2000c，〈科幻人的永恆主題〉，《誠品好讀》4（2000.10）：15。

葉李華，2001，〈《星雲組曲》──中文科幻的里程碑〉，《誠品好讀》12
　　（2001.7）：72。

葉李華、蘇逸平，2000，〈外星人住在地球人的心中──談古今外星人之
　　謎〉，《中國時報》2000.11.1，「浮世繪」。

葉李華整理，2002，〈100 問倪匡〉，《聯合文學》（2002.1）：118-129。

葉言都，2000，〈科幻心路手記〉，《中國時報》2000.4.2，「人間副刊」。

詹宏志，1981，〈科幻小說的兩個世界──從鄭文豪的科幻小說談起〉，《臺
　　灣時報》1981.1.10，「副刊」。

廖朝陽，2000，〈現代科幻──不平衡的吸引力〉，《誠品好讀》4
　　（2000.10）：10-11。

趙彥寧，1997，〈自我複製的快感──評洪凌《末日玫瑰雨》〉，《聯合文
　　學》148（1997.2）：178-179。

劉君燦，1983，〈科幻心態簡探〉，《大眾科學》4.6（1983.6）：9-10。

劉君燦，1992，〈莊周化蝶──談張之傑科幻小說集《綠蜻蜓》〉，《幻象》
　　7（1992.9）：104-105。

劉亮雅，1996，〈洪凌的《肢解異獸》與《異端吸血鬼列傳》中的情慾與
　　性別〉，《中外文學》25.1（1996.6）：26-38。

鄭文豪，1983，〈科幻中的機器〉，《大眾科學》4.6（1983.6）：11-12。

鄭文豪，1990，〈戲遊空時〉，《幻象》3（1990.9）：180-185。

鄭文豪，1991，〈〈腔〉評註〉，《幻象》4（1991.2）：120-121。

儒凱，1969，〈讀一零一零一有感〉，《青年戰士報》1969.12.30-31。

蕭炫，2000，〈科幻俱樂部（香港紀事）〉，《誠品好讀》4（2000.10）：17。

賴金男，1979，〈「銀河迷航記」科幻小說集序〉，《明日世界》59（1979.11）：
　　31。

賴金男，1990，〈科幻中的女人──未來的女性〉，《幻象》3（1990.9）：
　　14-17。

駱紳記錄，1986，〈窺夢奪魁──張系國科幻小說獎決審會議紀實〉，《中
　　國時報》1986.10.21，「人間副刊」。

藍祖蔚，2000，〈科幻電影與小說〉，《自由時報》2000.7.12，「副刊」。

顏元叔，1969，〈人類工程學──兼談「超人列傳」與「潘度娜」〉，《大
　　學雜誌》17（1969.5）：42-43。

羅盤，1979，〈從血泊中崛起的人──荐介黃海及其科學幻想小說〉，《幼
　　獅文藝》49.2（1979.2）：84-99。

羅時成，2000，〈科學家的愛情故事──評科幻小說《抉擇》〉，《科學月
　　刊》31.4（2000.4）：356-357。

蘇惠昭，2000，〈科幻小說出版在臺灣〉，《誠品好讀》4（2000.10）：16。

蘇逸平，1999，〈星際戰艦前進大未來〉，《聯合報》1999.7.12，「讀書人
　　周報」。

蘇逸平，2000，〈魔王、上帝、末日、撥接上網去！〉，《中國時報》2000.4.2，
　　「人間副刊」。

附錄二

臺灣科幻文學年表

時間	科幻文壇記事（活動、會議、媒體）
1946	**11 月** ●葉步月（葉炳輝）出版日文科幻小説《長生不老》，為目前臺灣記錄最早的科幻小説。
1962	**本年** ●倪匡（1935～）以衛斯理為筆名，開始撰寫一系列第一人稱的幻想小説。
1968	**9 月** ●12 日。張曉風（1941～）發表小説〈潘渡娜〉於《徵信新聞報》（《中國時報》前身）。此篇為目前所知戰後臺灣第一篇科幻小説。 **10 月** ●張系國（1944～）於《純文學》月刊發表其第一篇科幻小説〈超人列傳〉。 **12 月** ●16 日。黃海發表第一篇科幻小説〈航向無涯的旅程〉於《中華副刊》。
1969	**12 月** ●黃海將其以太空旅行為背景的科幻小説創作收編成書，名為《一○一○年》，並以此書獲得該年度救國團頒發的「全國社會優秀青年文藝作家獎」。
1976	**2 月** ●淡江大學出版的《明日世界》雜誌（1975 年創刊）開始刊登相關科幻作品。

時間	科幻文壇記事（活動、會議、媒體）
	5 月 ●張系國以「星雲組曲」為總題，分別在《聯合報》和《中國時報》副刊發表一系列科幻創作小說。 **本年** ●張系國以「醒石」為筆名在聯合報開闢「科幻小說精選專欄」，翻譯世界各國優秀的作品。並於 1978 年以《海的死亡》為名，由純文學出版社出版。
1977	**11 月** ●呂應鐘創辦《宇宙科學》通俗科學雜誌。該刊物對於科幻亦多所介紹。共發行十二期。
1978	**7 月** ●1 日。《宇宙科學》月刊舉辦科幻座談會。有呂應鐘、張系國、賴金男、黃海、張之傑、關紹箕、詹宏志等藝文界人士共十七人。 **本年** ●中國時報副刊開始連載倪匡的衛斯理小說〈雨花台石〉。正式將倪匡科幻引進臺灣，對日後臺灣科幻發展產生重大影響。
1979	**4 月** ●12 日。黃海於淡江學院「未來學講座」演講「科幻小說的寫作」。 **本年** ●照明出版社、國家出版社、星際出版社分別推動科幻名著出版和譯介，照明由黃海主持兼採創作，國家由王凱竹主譯，星際由張之傑策劃。
1980	**2 月** ●《中國時報》以「在 2080 年過年」為題，刊登黃凡、駱基、倪匡、桑科（張曉風）的科幻作品。 ●呂應鐘以筆名「呂金駿」在照明出版社出版臺灣第一本科幻理論著作《科幻文學》。 **3 月** ●《飛碟與科幻》雙月刊創刊，黃海主編，共發行四期。 **4 月** ●19 日。「明日世界」雜誌社在淡江文理學院舉辦「科幻文藝座談會」。

時間	科幻文壇記事（活動、會議、媒體）
	9 月 ●《台北民族晚報》自九月間起，每週一開闢「科幻世界」專欄，發表科幻創作與翻譯小説。 **10 月** ●張系國收錄之前的科幻創作，結集為《星雲組曲》（洪範），此書在臺灣科幻史上具經典性地位。 **本年** ●遠景出版社推出倪匡科幻小説套書。
1981	**2 月** ●《臺灣時報》副刊推出「中國科幻小説大展」。 **4 月** ●18 日。《書評書目》於臺灣師大舉辦「科幻品評會」討論張系國科幻作品《星雲組曲》，記錄內容發表於 1981 年 7 月的《書評書目》。 **5 月** ●張之傑創辦《科幻文學》季刊。但出刊一期便因其編纂環華百科全書無法分身而停刊。 **7 月** ●張之傑、黃海、呂應鐘合編《中國當代科幻選集》，內收國內重要作家二十年來代表性作品。 **本年** ●黃凡以中篇小説〈零〉獲「聯合報小説獎・中篇小説獎」。 ●國家出版社推出由王凱竹翻譯的國外科幻名著十餘種。 ●星際出版社推出由張之傑主持之《世界科幻名著》選集二十種。
1982	**5 月** ●《聯合報》於五四文藝節前夕舉辦「科幻座談會」。與會者有沈君山、張系國、戴維揚、黃凡、鄭文豪、黃海等人。 **本年** ●張系國創辦「知識系統有限公司」，成為八〇年代推廣科幻的重鎮。 ●陳克華以科幻詩〈星球紀事〉獲「中國時報敘事詩獎・優等獎」 ●張系國以〈香格里拉〉獲「第七屆聯合報小説獎・短篇小説獎・推薦作品」

時間	科幻文壇記事（活動、會議、媒體）
1983	**6 月** ●《大眾科學》第四卷第六期刊出「科幻專輯」。
1984	**本年** ●時報文學獎首創將科幻小說分為一類給獎。 第七屆「時報文學獎‧科幻小說獎類」。佳作：何復辰〈桃子的滋味〉、黃凡〈戰爭最高指導原則〉、林耀德〈雙星浮沈錄〉；得獎：張大春〈傷逝者〉、范盛泓〈問〉。
1985	**2 月** ●「知識系統」推出張系國主編《當代科幻小說選 I、II》二冊，收錄當代臺灣科幻代表作。 **本年** ●第八屆「時報文學獎‧科幻小說獎類」。佳作：何復辰〈夕沈〉、許順鎧〈混沌之死〉、高正奕〈感謝小兄弟〉；得獎：葉言都〈我愛溫諾娜〉、駱伯迪〈文明毀滅計畫〉。
1986	**本年** ●第九屆時報文學獎附設張系國科幻小說獎。首獎：裘正〈窺夢恨〉。
1987	**本年** ●第十屆時報文學獎附設張系國科幻小說獎。首獎：廖志堅〈深藍色海洋〉。
1988	**本年** ●第十一屆時報文學獎附設張系國科幻小說獎。首獎從缺；佳作：許順鎧〈外遇〉。
1989	**5 月** ●黃凡、林燿德合編《新世代小說大系‧科幻卷》（希代）。 **本年** ●第十二屆時報文學獎附設張系國科幻小說獎。首獎：葉李華〈戲〉。

時間	科幻文壇記事（活動、會議、媒體）
1990	**1 月** ●張系國創辦科幻雜誌《幻象》，至 1993 年 8 月停刊。共出 8 期。 **6 月** ●18-24 日。《幻象》雜誌舉辦為期七天的「台北科幻週」。邀請國內外名家作專題演講，並放映科幻電影經典名片及電腦特效影片。分別有美國科幻學者耿恩（James Gunn）、馬森、劉光能、劉嵩、蔡康永、李天任等人。
1991	**10 月** ●12 日。「科幻大對決」座談會。參與者有張系國、張大春、葉言都、黃海、呂應鐘、林崇漢、洪德麟、林耀德、孟絕子、陳弘、楊人凱等人。此次會議探討多年來臺灣科幻未能普及的原因。 **本年** ●首屆華人科幻藝術獎，分為「科幻漫畫獎」及「科幻小說獎」。「科幻漫畫獎」首獎：李英杉繪、陳秋玲編劇〈地獄〉；二獎：林尚德〈喜劇〉；三獎：石明川〈大文明傳〉、陳真、蔣明益〈訪客〉。「科幻小說獎」首獎：韓松〈宇宙墓碑〉；二獎：姜雲生〈長平血〉、劉慧媛〈鱷魚案始末〉；佳作：樊聖〈地底月亮〉。
1992	
1993	**8 月** ●《幻象》雜誌停刊。
1994	**5 月** ●《中外文學》第 264 期推出《科幻專號》。 **7 月** ●張系國於《聯合報・繽紛版》推出「互動科幻小說」。 **本年** ●.幼獅文學獎・科幻小說獎。首獎：張啟疆〈老大姐注視你〉；佳作：洪凌〈記憶的故事〉、張國立〈自行車上的人〉、姜雲生〈厄斯曼故事〉、紀大偉〈他的眼底你的掌心，即將綻放一朵紅玫瑰〉、魏可風〈尹南〉；推薦：譚劍〈斷章〉。

時間	科幻文壇記事（活動、會議、媒體）
1995	**4月** ●張系國於《中國時報》策劃刊登「連鎖科幻小說」。
1996	**7月** ●1日。《幼獅文藝》舉辦張系國與青年學子座談會。會議內容刊於1997年1月《幼獅文藝》上。
1997	**9月** ●蔣淑貞教授於「交通大學・通識中心」開設「科幻小說與電影」課程，是目前所知臺灣大專院校首開授與學分之科幻課程。 **本年** ●張草從一月至十二月每個月於《自由時報・花編心聞》以「幽浮電線桿」為專欄，介紹一系列的科幻電影。
1998	**2月** ●《科學月刊》二月號推出「科學與科幻專輯」。
1999	**2月** ●專業科幻網站「科科網」創站。 **9月** ●葉李華於世新大學及臺灣藝術學院開設「科幻天地」。 **本年** ●香港作家李逆熵以〈科幻中的科學〉獲「李國鼎通俗科學寫作獎首獎」。
2000	**2月** ●張系國與康來新兩位教授於中央大學中文系合開一學期的「科幻文學」課程。 **6月** ●「天下文化」在葉李華策劃下，推出「科・幻」系列國外科幻名著，並成立「科幻頻道」（http://sf.bookzone.com.tw/）網站。 **7月** ●《自由時報・副刊》推出「科幻小說特輯」。 ●專業科幻網站「科科網」因資金不足宣布進入「冬眠期」。後因葉李華於交通大學通識中心任教，遂將科科網轉入交大伺服器底下

156

時間	科幻文壇記事（活動、會議、媒體）
	（http://scisci.nctu.edu.tw/），並由一批熱愛科幻的學生創辦「科幻科學社」社團。 **本年** ●張草科幻長篇《北京滅亡》與文旦科幻長篇《二四俱樂部》同獲第三屆皇冠大眾小説獎首獎。
2001	**4 月** ●《中國時報》推出「科幻專輯」。 **6 月** ●由「天下文化出版公司」及「中國時報人間副刊」主辦，93 巷・人文空間、交大「倪匡科幻獎」聯絡中心協辦的「人間科幻系列天下講座」每月推出一場講座。分別為「太空探險與火星移民──科幻小説是一種科學預言」（6/16）、「從大滅絕到『侏羅紀公園』」──探討物種的滅絕與新生」（7/21）、「當相對論遇見超光速飛行與時光隧道」（8/18）。 **9 月** ●由「洪健全基金會」所主辦，葉思芬主講的「奇幻、科幻與魔幻──文學的異想世界」課程，於 9 月 25 日至 12 月 11 日止。 **12 月** ●第一屆倪匡科幻小説獎，分為「小説獎」與「評論獎」。 「小説獎」──首獎：李知昂〈可怕的幸福〉、楊慎絢〈阿茲海默診療室〉，三獎：徐慶雯〈魔俑〉、陳湘婷〈病〉，佳作：高志峰〈Memory Bank〉、陳婉菁〈寬頭〉。 「評論獎」──首獎：柯喬文〈我，衛斯理──談倪匡科幻小説中的敘述策略〉、二獎：張雅琪〈最高段的人性玩法──倪匡專利〉、三獎：郭宏偉〈嫁接優勢──倪匡科幻小説吸引力何在？〉、佳作：向鴻全〈科幻的慰藉──論倪匡科幻中的中國想像〉、王正良〈科幻與命運的雙向書寫－從倪匡的《命運》附篇〈十七年〉説起。

參考資料

1. 黃炳煌，1983，〈臺灣科幻小說初期發展概述〉，《大眾科學》4.6
（1983.6）：19-22。

2. 黃海、葉李華、呂應鐘共同整理〈臺灣科幻五十年年表〉，收錄於呂應
鐘、吳岩合著，2001，《科幻文學概論》，臺北：五南，頁 25-35。

附錄三

《幻象》雜誌（季刊）八期目次整理

第一期（民 79 年元月）

●發刊詞：向未來尋找歷史的根源——張系國
●卷頭特集：伉儷情深——夫畫婦寫的維雷歐——張系國
●科幻藝術：龍王子——陶麗絲・維雷歐著（張系國譯）
●賀詞：

　　　　科幻與未來——賴金男
　　　　用作品說話——黃海
　　　　開山成功——沈君山
　　　　走出自己的幻象——張之傑
　　　　賀詞——許倬雲
　　　　做一個科學的幻想者——陳漢平
　　　　對 SF 之中望——呂應鐘
●趣味科普：怪機奇談——東瀛遺恨太平洋——葉言都
●論述：今古奇譚——科幻小說與筆記小說——王溢嘉
●中篇科幻特別推薦：病變——張大春
●評論：中國大陸科幻小說的低潮及其原因——葉永烈

●接力專欄：你來寫科幻──張系國

●長篇幻想小說連載：黑白無常（上）──倪匡

●科幻影話：星艦奇航記──過去、現在及未來──呂堅平

●專輯一：科幻經典名著欣賞

　　　　微雨將落下──雷‧布萊德伯里著（洪麗莎譯）

　　　　上帝的九十億個名字──亞瑟‧克拉克著（唐濟時譯）

　　　　老鼠與龍的遊戲──柯德韋納‧史密斯著（朱民譯）

●專輯二：科幻小小說 10 家

　　　　你幾時遇見真主？──張系國

　　　　眼睛不是用來看東西的──艾西莫夫著（李固譯）

　　　　資料之源──繆德莉‧包克森著（洪嘉麗譯）

　　　　眼不見──苦苓

　　　　同步律──詹姆斯‧湯普遜著（張定綺譯）

　　　　救命的音符──詹宏志改寫

　　　　勸君更進一杯酒──理查‧威爾遜著（章珊）

　　　　考試日──亨利‧斯萊瑟著（羅倩玲譯）

　　　　痛──平路

　　　　女郎與人魚──珍‧尤蘭著（李綠譯）

●專輯三：短篇科幻創作

　　　　哈姆雷特的平等危機──許順鎧

　　　　正負之間──葉永烈

　　　　GRE 之夢──葉李華

第二期（民79年4月）

- 卷頭特集：ET 畫傳——韋恩・巴羅畫；伊安・桑默斯撰文
- 編者的話：延展成地球——呂應鐘
- 觀點與期望：幻想有理——張系國
- 科幻漫談：等待外星人——陳漢平
- 科幻小說獎專輯：

  戲——葉李華（得獎感言：盡情發揮自己的創造力）

  傀儡血淚——許順鏜

  魔方監獄——孫占森
- 大家來寫科幻：

  罪與愆——洪凌

  第五向度——許倬雲
- 漫畫選介：

  大人也愛看的漫畫——張系國

  凱文和虎寶——比爾・華特生
- 特別推薦：

  黑貓的故事——介紹嚴家其的科幻小說——張系國

  宗教・理性・實踐——訪問三個時代關於真理問題的三個
  「法庭」——嚴家其
- 長篇幻想小說連載：黑白無常（下）——倪匡
- 科幻影話：星艦奇航記（中）——過去、現在及未來——呂堅平、
  葉李華合著
- 日本科幻小說選介：有機戰士生化體——根尾真治著（江晃榮譯）

161

●時空隧道航空篇：怪機奇談：納粹最後的沖天炮——腹蛇式火箭
　戰鬥機——葉言都
●科普知識：恐龍恐龍：見龍在田——袁旂
●科幻文訊：
　　　英文「中國科幻選」在美出版後記——吳定柏
　　　介紹香港的一本科幻雜誌——李芃
●科幻小小說：
　　　現在完成式——蒙提里恩著（陳子喬譯）
　　　迷人的幻影——黃海
　　　時間之謎——豪克著（章珊譯）
　　　星緣——方以庸
　　　大喜訊——陳冷
　　　銀河池塘——卡林頓著（任慶華譯）

第三期（民 79 年 9 月）

●編者的話：什麼是科幻——呂應鐘
●專輯一：未來的女人
　　　沙豬福音與兩性未來——陳漢平
　　　科幻中的女人——未來的女性——賴金男
　　　未來的女人——平路
　　　能不能不要男人——李昂
　　　女人果然不見了——苦苓
　　　瘋狂計畫——李碧茵

印蒂——琳達長田著（張系國譯）

人工智慧紀事——平路

●專輯二：日本科幻動畫

星辰如雨滴般墜落——概論八〇年代的日本科幻動畫——洪凌

討論：日本科幻動畫的成就——杜漸

●科幻小小說：

船——張系國

回歸——克拉克著（方以庸譯）

洞——袁晴

大戰前夕——周志村

中古貨——岬兄悟著（江晃榮譯）

●名家科幻：一小時放縱——溫瑞安

●時光隧道：怪機奇談（三）：幾乎飛起來的碟——葉言都

●科普知識：恐龍恐龍（二）：龍行大地——袁旂

●科幻接力：第五向度（第二章）——張系國、葉李華

●科幻影話：星艦奇航記（下）——過去、現在及未來——呂堅平、葉李華、史慕思

●科幻小說評介：戲遊空時——鄭文豪

●科幻文訊：

耿恩教授訪台

一九九〇台北科幻週

日本科幻雜誌刊登張系國小說專輯

●漫畫選介：凱文和虎寶——華特生

第四期（民 80 年 2 月）

●編者的話：矛盾的情緒──呂應鐘
●艾西莫夫專輯：

　　艾西莫夫來函

　　科幻大師艾西莫夫簡介──編輯室

　　可以讓人類預測的未來──林傑斌譯

　　機器人「做人」的原則──林傑斌譯

　　哪來這麼多鬼點子──史慕思譯

　　不朽的大文豪──易樵萱譯

　　終有一天──劉素儀譯

　　機器人的夢與死──吳定柏譯

　　最後的問題──李新隆譯

　　附：寫在〈最後的問題〉之後──袁旂

　　　　夜歸──史慕思譯

　　附：寫在〈夜歸〉之後──史慕思
●科幻漫談：女人與科幻──吳玲瑤
●科幻人物：

　　科幻怪物艾克曼──張敏敏

　　附：一字小說趣味徵答
●科幻獎精選：

　　茉莉香片──鄭文豪

　　〈腔〉導讀──葉李華

　　腔──范盛泓

　　〈腔〉評注──鄭文豪

- 怪機奇談(四):恨不相逢未戰時──「飛行煎餅」它的時機與命運──葉言都
- 恐龍恐龍(三):恐龍之死──袁旂
- 科幻接力小說:第五向度(第三章)──平路
- 漫畫欣賞:拉森漫畫選──蓋瑞‧拉森
- 科幻新銳小說選:

　　　未來的女人外一章──乾洗物語──郭燦

　　　龐貝東區──洪凌

　　　翻臉無情──黃建翰

第五期(民 80 年 9 月春夏季合刊)

- 創辦人的話:萬里長征第一步──張系國
- 趣味徵文:一字小說揭曉──艾克曼‧邱中人

　　　附無字小說徵文

- 怪機奇談(五):事急吉普也登天──飛行吉普與向天計畫──葉言都
- 恐龍恐龍(四):死亡之星──袁旂
- 科幻漫畫獎專輯:

　　　漫畫獎評審記錄──蘇微希

　　　大文明傳──石明川

　　　訪客──陳真;蔣明益

　　　評審講評──洪德麟、張國立、張系國

- 科幻接力小說:第五向度(第四章)──葉言都

- 國際文壇：在成都的盛況──記一九九一年世界科幻大會──呂應鐘
- 新書書評：
  - 《一羽毛》後記──張系國
  - 歷史與銅像──評張系國的《一羽毛》──李有成
- 菲利普·狄克專輯：
  - 夢、迷幻藥和人造人──菲利普·狄克以及他的科幻夢魘──呂堅平
  - 「魔鬼」與「殺手」的身份定位問題──景翔
  - 尼采筆下的超人──評《魔鬼總動員》──焦雄屏
  - 談《魔鬼總動員》的瑕疵──蔡秉勳
  - 雨、淚、黑色幽默與畸零悲情──淺談《銀翼殺手》的原著與電影──洪凌
  - 人道主義與人類本位主義的困頓──評《銀翼殺手》──周銘賢
  - 《銀翼殺手》觀後──兼譯戴克的來函──郭燦
  - 什麼是「好」科幻──史慕思譯
  - 記憶總動員──史慕思譯
  - 第二終結者──呂堅平譯
- 編輯室報告

第六期（民 81 年 3 月冬春季合刊）

- 編者的話：《幻象》構築華人新世界──呂應鐘
- 詩作：時間──林燿德

- 怪機奇談：氣球炸彈——東洋紙怪襲美記——葉言都
- 科幻影話：星艦 25 年——企業號歡笑與淚水交織的一年——李新隆
- 星空漫步：
  時間旅行的奇思幻想——黃海
  科幻與性——黃海
- 大陸科幻圈：杭州大學外語系科幻小說研究中心——呂應鐘
- 書話：從《銀河帝國》到《黃禍》——李逆熵
  致李逆熵書——葉言都
- 科幻接力小說：第五向度（第五章）龍——林燿德
- 科幻漫畫物語：日本的 SF 漫畫世界——洪德麟
- 動畫創作：島——范盛泓、陳文杰
- 幻象信箱
- 科幻獎專輯：
  漫畫獎講評——張系國、張國立、洪德麟
  小說獎決審會議紀要——高靜芬
  科幻大對決——張國立
  （漫畫二獎）喜劇——林尚德
  （漫畫首獎）地獄——李英杉、陳秋玲
  （小說首獎）宇宙墓碑——韓松
  （小說二獎）長平血——姜雲生
  （小說二獎）鱷魚案始末——劉慧媛
  （小說佳作）地底月亮——樊聖

第七期（民 81 年 9 月夏秋合刊）

●發行人的話：張敏敏
●編者的話：張之傑
●怪機奇談：空中母艦——「美康」號的生前死後——葉言都
●科學報導：

　　大陸 216 天文望遠鏡建造始末——陳培堃

　　南極夢憶——金濤
●創作小說：

　　兒童節——郭燦

　　漸近線——譚劍

　　歸去來兮——龍沛
●科幻獎：

　　（推薦發表小說）藍色的夢——顏楓

　　（漫畫佳作）a.正史——黃志湧

　　　　　　　　b.幻界都——邱馨緯
●接力小說：第五向度（第六章）——章杰
●讀者投稿：漫畫——歐錦金
●文字遊戲：無字小說趣味徵文——編輯室
●幻象書坊：

　　莊周化蝶——談張之傑科幻小說集《綠蜻蜓》——劉君燦

　　成熟的甜度——評黃凡科幻小說集《冰淇淋》——林燿德

　　袋裡乾坤——評李黎的《袋鼠男人》——張小虹
●隨筆：我憶，故我在——李偉才
●科幻漫畫選介：

　　　　流轉——坂口尚

　　　　星降之夜——坂口尚

　　　　光香風色的讚美詩——坂口尚的 SF 世界——洪德麟

　　　　砂之聲——大友克洋

　　　　未來人大友克洋的暴力美學——洪德麟

●艾西莫夫紀念特輯：

　　　　（特輯 1）哀兮歿訃——艾西莫夫紀念特輯導言——林燿德

　　　　（特輯 2）不死的巨匠——向艾西莫夫禮敬——黃海

　　　　（特輯 3）艾西莫夫的雜音——呂政達

　　　　（特輯 4）艾西莫夫與騾——呂政達

　　　　（特輯 5）艾西莫夫：科幻國度的世紀大蓋仙——威兮

　　　　（特輯 6）讀艾西莫夫《天譴女神》隨感——威兮

　　　　（特輯 7）速度的故事——艾西莫夫（葉李華譯）

　　　　（特輯 8）艾西莫夫年表——編輯室

第八期（民 82 年 8 月春夏季合刊）

●編者的話：張之傑

●科幻漫談：

　　　　生命、心靈與科幻小說——周成功

　　　　同樣的「點子」，不同的「樣子」——黃海

●科幻影話：銀河前哨深太空九號——九〇年代星劇的世代交替

　──葉李華

●科學報導：

　　空中幻景──海市蜃樓──劉昭民

　　立足小分子，縱情大宇宙──記大陸「中國 UFO 研究會」

　　盛事──呂應鐘

●大陸科幻美術作品：

　　乘鶴──向際純

　　SF 吉祥鳥──向際純

●科幻小說：

　　眼中塵──劉衛華

　　維納斯的憂鬱──方以庸

　　解放了的普羅米修斯──李逆熵

●科幻接力小說：

　　第五向度（第七章）──楊麗玲

●詩話：

　　科幻詩初探──辛鬱

●科幻界：

　　跨海的新橋──介紹「呂應鐘科幻文藝獎」──編輯部

　　為「呂應鐘科幻文藝獎」進一言──張之傑

　　「灰姑娘」在佛洛依德堡──追記一九九二年世界科幻年

　　會──譚楷

●幽默小說：

　　恨女人的人──詹姆斯・耿恩著（醒石譯）

　　玩偶之家──詹姆斯・耿恩著（醒石譯）

●科幻漫畫：

　　啟示錄〈第二章〉──陳能明

　　宇宙紀事館──溫啟斌

　　（漫畫評）其實，漫畫是很「科幻」的──鄭興國

●人物顯影：尋找倪匡──葉李華

●長篇小說：轉世暗號──倪匡

附錄四

《明日世界》雜誌中的科幻作品

編號	篇名	作者／譯者	期數	頁數	索引分類	索引期	日期
1.	科學小説	萇弘譯	14	70-72	科技	13-18	1976/02
2.	1999年太空歷險記	王長洪	20	26-27			1976/08
3.	被遺忘了的敵人	王長洪譯	21	64-65			1976/09
4.	科學小説（彩頁）（一）	萇弘摘譯	31	38-43	未來學	31-36	1977/07
5.	科學小説的過去‧現在‧未來（二）	萇弘譯	32	60-65	未來學	31-36	1977/08
6.	科學小説（三）	萇弘摘譯	33	62-67	未來學	31-36	1977/09
7.	科學小説（四）	萇弘摘譯	34	64-70	未來學	31-36	1977/10
8.	科學小説（五）	萇弘摘譯	35	38-47	未來學	31-36	1977/11
9.	科學小説（六）	萇弘摘譯	36	38-44	未來學	31-36	1977/12
10.	科學小説（七）	萇弘摘譯	37	60-65	科學小説	37-42	1978/01
11.	天庭舵手	杜昆翰	37	66-68	科學小説	37-42	1978/01
12.	科學小説（八）	萇弘摘譯	38	38-43	科學小説	37-42	1978/02
13.	科學小説（九）	萇弘摘譯	39	66-71	科學小説	37-42	1978/03
14.	科幻小説的過去‧現在‧未來（彩頁）		40	43			1978/04
15.	科學小説（十）	萇弘摘譯	40	68-71	科學小説	37-42	1978/04
16.	夢遊海王星（上）四幕九場科學幻想兒童劇	丁洪哲	40	63-67			1978/04
17.	紀元2027年世界聯邦共和國（一）	陳曉南譯	40	56-61	科學小説	37-42	1978/04
18.	紀元2027年世界聯邦共和國（二）	陳曉南譯	41	62-65	科學小説	37-42	1978/05
19.	夢遊海王星（下）四幕九場科學幻想兒童劇	丁洪哲	41	66-70			1978/05
20.	紀元2027年世界聯邦共和國（三）	陳曉南譯	42	68-72	科學小説	37-42	1978/06

編號	篇名	作者／譯者	期數	頁數	索引分類	索引期	日期
21.	紀元2027年世界聯邦共和國（四）	陳曉南譯	43	54-57	科幻小說	43-48	1978/07
22.	紀元2027年世界聯邦共和國（五）	陳曉南譯	44	66-69	科幻小説	43-48	1978/08
23.	紀元2027年世界聯邦共和國（六）	陳曉南譯	45	65-67	科幻小説	43-48	1978/09
24.	紀元2027年世界聯邦共和國（七）	陳曉南譯	46	67-69	科幻小説	43-48	1978/10
25.	紀元2027年世界聯邦共和國（八）	陳曉南譯	47	70-72	科幻小説	43-48	1978/11
26.	紀元2027年世界聯邦共和國（九）	陳曉南譯	48	67-71	科幻小説	43-48	1978/12
27.	紀元2027年世界聯邦共和國（十）	陳曉南譯	49	66-69	科幻	49-60	1979/01
28.	科幻與科學	黃衍勳譯	49	57	科幻	49-60	1979/01
29.	科幻小説的寫作	黃海	54	26-31	科幻	49-60	1979/06
30.	未來的幻象	廣揚譯	57	24-27	科幻	49-60	1979/09
31.	談科幻文學	呂金駿	57	28-32	科幻	49-60	1979/09
32.	科幻小説——屍變	章杰	57	33-35	科幻	49-60	1979/09
33.	織女星的地球探險探查宇宙的一個模式	蕭偉禎	57	36-37	科幻	49-60	1979/09
34.	未來幻象插畫展（二）	廣揚譯	58	26-29	科幻	49-60	197910
35.	科幻在法國	鄭雅仁譯	58	30-31	科幻	49-60	1979/10
36.	未來幻象（三）	廣揚譯	59	24-27	科幻	49-60	1979/11
37.	讓科幻紮根	呂金駿	59	28-30	科幻	49-60	1979/11
38.	「銀河迷航記」科幻小説集序	賴金男	59	31	科幻	49-60	1979/11
39.	閒話科學怪人	黃素蘭	59	69	科幻	49-60	1979/11
40.	公元5000年	章杰	59	70-72	科幻	49-60	1979/11
41.	未來幻象（四）	廣揚譯	60	42-45	科幻	49-60	1979/12
42.	未來幻象插畫展（五）	廣揚譯	61	24-27	科幻	61-72	1980/01
43.	未來幻象插畫展（六）	廣揚譯	62	42-46	科幻	61-72	1980/02
44.	未來通訊・「科幻」在國內已經起步	本刊	63	16	我們的未來	61-72	1980/03
45.	談未來在大學開授「科幻文學」課程	邱竹林	63	56-57	教育	61-72	1980/03
46.	科幻小説——一種未來過程的重要工具	陳耀鑫	66	55	科幻	61-72	1980/06
47.	人口爆炸與未來建立太空城的期望	黃曼玲	67	43	科幻	61-72	1980/07

編號	篇名	作者／譯者	期數	頁數	索引分類	索引期	日期
48.	來自一九七〇年的人	陳岱琪	67	57-59	人文‧哲學	61-72	1980/07
49.	書介——科幻藝術繪畫作品	馮豫	68	24-26	藝術	61-72	1980/08
50.	淺談科幻作品的主題（一）	鄭雅仁	69	42-44	藝術	61-72	1980/09
51.	淺談科幻作品的主題（二）	鄭雅仁	70	41-44	藝術	61-72	1980/10
52.	淺談科幻作品的主題（三）	鄭雅仁	71	43-46	藝術	61-72	1980/11
53.	淺談科幻作品的主題（四）	鄭雅仁	72	36-38	藝術	61-72	1980/12
54.	淺談科幻作品的主題（五）	鄭雅仁	73	32-35	藝術	73-84	1981/01
55.	新舊之間——觀瓦耶荷的畫記感	鄭雅仁	74	24-26	藝術	73-74	1981/02
56.	繪畫藝術歷程——命運的幻象	奕之譯	78	23-26	藝術	73-74	1981/06
57.	科幻小說——智慧之豬	王凱竹譯	82	65-67	科幻	73-84	1981/10
58.	淺談科幻	陳煥聰	83	37	科幻	73-84	1981/11
59.	科幻小說——圖來世	李敬	84	62-65	科幻	73-84	1981/12
60.	科幻小說的嚴肅面	王凱竹譯	86	54-56	文學	85-96	1982/02
61.	畫風奇異的科幻插畫家——克利斯‧阿契里亞斯	徐莊慧譯	86	42-44	藝術‧文化	85-96	1982/02
62.	西洋科幻名家介紹——艾西莫夫	王凱竹	92	56-58	文學	85-96	1982/08
63.	悟	李瑞弘譯	98	67-68	科幻	97-108	1983/02
64.	科幻理念與夢境圖說（一）電光石火	萇弘譯	99	20-26	科幻	97-108	1983/03
65.	科幻理念與夢境圖說（二）	萇弘譯	100	76-80	科幻	97-108	1983/04
66.	科幻理念與夢境圖說（三）	萇弘譯	101	36	科幻	97-108	1983/05
67.	科幻理念與夢境圖說（四）猜謎遊戲（上）	萇弘譯	102	22	科幻	97-108	1983/06
68.	科幻理念與夢境圖說（四）猜謎遊戲（下）	萇弘譯	103	52	科幻	97-108	1983/07
69.	科幻理念與夢境圖說（五）千奇百怪	萇弘譯	104	56	科幻	97-108	1983/08
70.	科幻理念與夢境圖說（六）	萇弘譯	105	50	科幻	97-108	1983/09
71.	科幻理念與夢境圖說（七）	萇弘譯	106	56	科幻	97-108	1983/10
72.	科幻理念與夢境圖說（八）對命運的實驗	萇弘譯	107	58	科幻	97-108	1983/11
73.	外星人的忠告	唐山	108	39	科幻	97-108	1983/12
74.	科幻理念與夢境圖說（九）永無止境	萇弘譯	108	60	科幻	97-108	1983/12
75.	科幻理念與夢境圖說（十）	萇弘譯	109	62-67	科幻小說	109-120	1984/01

編號	篇名	作者／譯者	期數	頁數	索引分類	索引期	日期
	誰的構想						
76.	最後的華爾滋	李政猷	109	64-67	科幻小說	109-120	1984/01
77.	科幻小說選──春怨	劉芸芸譯	111	67-68	科幻小說	109-120	1984/03
78.	第一部以宇宙‧異星生物為主題的科幻小說（一）	照明譯	112	67-71	科幻小說	109-120	1984/04
79.	第一部以宇宙‧異星生物為主題的科幻小說（二）	照明譯	113	64-71	科幻小說	109-120	1984/05
80.	第一部以宇宙‧異星生物為主題的科幻小說（三）	照明譯	114	66-72	科幻小說	109-120	1984/06
81.	第一部以宇宙‧異星生物為主題的科幻小說（四）	照明譯	115	70-72	科幻小說	109-120	1984/07
82.	科幻精華──第二部以未來社會為主題的科幻小說（一）	照明譯	116	68-72	科幻小說	109-120	1984/08
83.	科幻精華──第二部以未來社會為主題的科幻小說（二）	照明譯	117	66-72	科幻小說	109-120	1984/09
84.	科幻精華──第二部以未來社會為主題的科幻小說（三）	照明譯	118	68-72	科幻小說	109-120	1984/10
85.	未來的特快車	王輔羊	119	41	科幻小說	109-120	1984/11
86.	科幻精華──第二部以未來社會為主題的科幻小說（四）	照明譯	119	66-72	科幻小說	109-120	1984/11
87.	科幻精華──第二部以未來社會為主題的科幻小說（五）	照明譯	120	68-72	科幻小說	109-120	1984/12
88.	科幻精華──第三部以幻想世界為題材的科幻小說（一）	照明譯	122	62	科幻	121-132	1985/02
89.	科幻精華──第三部以幻想世界為題材的科幻小說（二）	照明譯	123	67	科幻	121-132	1985/03
90.	提倡科幻‧邁向未來──兼談大學開授科幻課程	呂應鐘	124	36	科幻	121-132	1985/04
91.	科幻精華──第三部以幻想世界為題材的科幻小說（三）	照明譯	124	68	科幻	121-132	1985/05
92.	科幻精華──第三部以幻想世界為題材的科幻小說	照明譯	125	69	科幻	121-132	1985/06

編號	篇名	作者／譯者	期數	頁數	索引分類	索引期	日期
	（四）						
93.	科幻精華——第三部以幻想世界為題材的科幻小説（五）	照明譯	126	64	科幻	121-132	1985/07
94.	科幻精華——第四部以時間·空間為題材的小説（一）	照明譯	127	68	科幻	121-132	1985/08
95.	科幻精華——第四部以時間·空間為題材的小説（二）	照明譯	128	68	科幻	121-132	1985/09
96.	科幻精華——第四部以時間·空間為題材的小説（三）	照明譯	129	64	科幻	121-132	1985/10
97.	科幻精華——第五部以人類進化為主題的小説（一）	照明譯	130	64	科幻	121-132	1985/11
98.	科幻精華——第五部以人類進化為主題的小説（二）	照明譯	131	71	科幻	121-132	1985/12
99.	科幻精華——第五部以人類進化為主題的小説（三）	照明譯	132	66	科幻	121-132	1986/01
100.	科幻精華——第五部以人類進化為主題的小説（四）	照明譯	133	68	科幻小説	133-144	1986/02
101.	科幻精華——第五部以人類進化為主題的小説（五）	照明譯	134	78	科幻小説	133-144	1986/03
102.	科幻精華——第六部以毀滅·終結為主題的小説（一）	照明譯	135	62	科幻小説	133-144	1986/04
103.	科幻精華——第六部以毀滅·終結為主題的小説（二）	照明譯	136	65	科幻小説	133-144	1986/05
104.	科幻小説——月球野餐記	芸芸譯	138	68	科幻小説	133-144	1986/06
105.	科幻小説——月球野餐記	芸芸譯	139	68	科幻小説	133-144	1986/07
106.	為什麼美國要封鎖它的邊界	陳欣蘭	141	34	科幻小説	133-144	1986/09

附錄五

張系國訪談記錄整理（2001/9/29）

Q：老師的第一篇科幻小說〈超人列傳〉是在 1969 年所發表的，
　　當初為何想要寫這樣一個故事呢？

　　　　這個故事本身其實就是我們剛剛講的一個科幻的主題
　　　「陌生的美」，就是人從原來熟悉的環境到陌生的環境，
　　　換句話講就是假如一個人到一個國家就變成陌生的人一
　　　樣，其實這種到陌生地方的感覺，可以用寫實的小說來
　　　寫，也可以用科幻的方式來寫。寫這個〈超人列傳〉的
　　　時候，我是到加州大學去唸書，那有的人就寫所謂的留
　　　學生文學，而這就觸動我寫〈超人列傳〉，〈超人列傳〉
　　　這個故事基本上就是在講一個人把自己陌生化，到陌生
　　　環境的故事，類似這樣的主題在文學作品裡經常會出現。

Q：那這個故事就是以留學生為底本嗎？

　　　　不能說是底本，只可以說是觸動我寫這個小說的動機。
　　　因為自己出了國，變成一個陌生的人，這種感覺就會特
　　　別強烈，所以並不是說把一個現實的故事搬到科幻小說

裡，而是說有了這個感觸，所以就觸動我寫了這個主題
的故事。

Q：那老師為什麼不用寫實小說來寫，而要用科幻小說這個文類
來寫所謂留學生的感覺？

一方面是我一直喜歡科幻小說，而我看了很多，那這個
算是我第一篇科幻小說。之前我看了很多科幻小說這方
面的東西，在加大的環境，一方面可以說是陌生的異國
環境，一方面我自己是學電腦科學的，在電腦科技裡面
人的陌生感特別強烈，也就是這兩個原因，促使我寫這
個主題的故事。

Q：在之前也就是 1968 年，張曉風也寫了一篇科幻小說〈潘渡
娜〉，之後顏元叔先生曾評論到說老師和張女士都是屬於人文
主義派的作家，不知道老師對於這樣的評論是否認同呢？

我的小說不是只有科幻小說，那只是現在這幾年大家看
到我的小說比較重視科幻小說，其實我早期的作品多半
不是科幻小說，同時間在寫的《地》那一系列的作品，
都是所謂的主流小說

Q：老師在〈超人列傳〉後，直到 1976 年才在報刊發表一系列翻
譯的科幻小說和創作，這將近七年的時間，老師是否創作重
心是在寫實小說呢？

對，那時候我寫的小說主要有兩方面。其實早期寫科幻小說比較少，寫所謂的主流小說比較多。其實小說或任何藝術形式，都是內容跟形式的配合，對於創作者來講，他追求這個內容和形式比較合適的關係，所以假如說科幻對我講是一個合適的形式的話，我就會用科幻的形式來寫，假如我覺得這個科幻變的阻礙我創作的話，我就用寫實的方式來寫，反過來也是一樣。而且，我從來不認為說一位作家只會寫某一類型的小說，大部分的作家都可以寫很多不同類型的小說。

Q：那就是以內容來決定形式囉？

或者反過來說以形式來決定內容，形式和內容是相輔相成的。

Q：老師當初在翻譯《海的死亡》時，為何會選用「醒石」作為筆名，其中是否有什麼特別含意呢？

其實便是好玩，當然它也可以是一個「醉石」，一個喝醉的石頭。我們中國人說頑石不點頭，那「醒石」也可以說是石頭有一天它突然醒過來不知道自己是不是一個石頭。不過最主要的是覺得那個筆名蠻有趣的。

Q：陳思和先生曾在一篇論文裡提到老師《星雲組曲》的出版，代表了臺灣當代科幻走出不同於通俗文學的路線，老師您認同對於這樣的評價嗎？

這可以說從兩個觀點來看。其實不管臺灣還是大陸也好，科幻小說本身它還沒有成熟，也就是說不是很普及。其實我那時候所寫的都是所謂主流的作品，在主流作品上我的技巧已經很成熟了，所以《星雲組曲》可以說是一個非常成熟而且文學水準是比較高的作品。當然，這樣作品的出現，它的影響有好有壞。在好的一面，它也可以算是一個里程碑，就算到現在我想類似《星雲組曲》這樣短篇科幻小說，不管在臺灣、中國、外國都很少達到那樣的水準。那麼它的壞處就是說，因為我們科幻小說還沒有相當的普遍性，就是講作品往往有一個金字塔，它有很多比較通俗的，然後慢慢走向比較高的層次，可是寫《星雲組曲》的時候一直到現在科幻小說都沒有形成這樣一個氣候，所以它就變成了曲高和寡，就是說我做完了這件事之後，就很難再繼續下去。很難繼續下去通常有兩個理由：一般不懂科幻的讀者，因為先天就排斥，只聽到科幻的名詞，沒有往下去想，就說我不懂科學所以我不看科幻的東西。那第二的話，真正懂文學的讀者，他也有一種排斥，他希望接受文學的東西，所以科幻他也不要看，等於說兩面不是人。通俗作者他（讀者）不會看，因為他不懂（科學）；嚴肅作者他（讀者）也不會看，因為他認為（科幻）這是次一層的東西，所

以寫完《星雲組曲》之後，就很難再寫類似那樣的作品。
在那前後，我一直在推動好幾次的科幻獎，當然還是有
很多年輕的作者受到我的影響，就寫比較嚴肅的作品，
或文學性很強的科幻作品，但就像我剛所講的，因為它
基本上就是曲高和寡，那底下並沒有廣大的群眾，所以
這些作家就發現後面沒有人跟上來，或者說就是他不受
重視就是了。即使他得獎，他的作品也很難在報紙上發
表，因為那時候發表的園地主要是報紙的副刊，假如副
刊容納不下這些科幻作品的話，他就沒辦法繼續寫下
去。其實很多作家對科幻都有興趣，也都寫過，可是後
來就沒辦法再繼續，這就包括張大春、林耀德、黃凡、
平路……，這些到現在都變成很好的作家，都變成所謂
的主流作家，所以以寫小說的技巧來說，都不是問題，
他們可以寫主流小說，也可以寫科幻小說，當初他們對
科幻小說更愛一點也說不定，但是沒有這個氣候，也就
是沒有發表園地，所以他們大多不再寫科幻了，就回去
寫主流小說。

Q：在陳思和先生同一篇論文裡，他也提到的唯有科幻小說的「創
意性」與「可讀性」的相融合，如此才能為中國式的科幻走
出一條路來，關於這個論點，不知老師是否同意？

　　應該說有好幾個層次吧！就舉傳統的「下里巴人」和「陽
春白雪」的例子來說。剛開始唱歌的時候有很多人在和，
唱到越高的時候跟著和的人越少。你說是下里巴人好

呢？還是陽春白雪好呢？應該說都好，因為它能夠迎合
的觀眾或聽眾是不一樣的，所以有可讀性高的作品，應
該是很好的；有內容很深刻的作品，也是很好的，兩者
都有當然是更好，也許不一定每個人都做的到，所以它
應該兩種作品都有，都有的話是比較健康的，也就是構
成金字塔的形式。因為底下可能有很多人欣賞下里巴人
的作品，比較少人欣賞陽春白雪的作品，所以我們常常
講一個作家他是作家的作家，譬如白先勇是作家的作
家，也就是說作家本身會看白先勇的作品，所以他是作
家的作家，另外有些人則是讀者的作家。

Q：在《星雲組曲》後，老師開始著手寫「城」三部曲，是什麼
樣原因促使老師想要寫「城」三部曲呢？

其實在《星雲組曲》的時候就有這個構想。因為《星雲
組曲》是一個切片式的。那時候我就提出「全史」的概
念，這個「全史學」的概念在《星雲組曲》裡的傾城之
戀就提出來了。其實星雲組曲裡跟「城」有重要關係的
有〈傾城之戀〉跟開始的〈銅像城〉。〈銅像城〉在講
一個一直在生長的銅像，當然這是一個象徵，然後〈傾
城之戀〉將全史學的概念帶出來。所以那時候就有這個
構想。其實「城」三部曲也只寫了一段的歷史，我有一
個歷史的軸，在整個呼回文明中間有好些段，我寫城三
部曲只是寫完了那個部分，有好幾個部分假如以後時間
的話，我希望還能把它寫起來。

184

Q：那意思是說以後老師還會繼續寫有關「城」的續集嗎？

所謂全史的話，本身概念是非常豐富的，它等於說是某一個時空裡面，人對於他的過去未來都想有一個全盤的認識，假如在這種情況下，人是怎麼活的，以一個史觀來講的話，這個本身有很大的發展性。所以再寫完《星雲組曲》之後，我就寫「城」三部曲，寫了十年才寫完。所以講我的科幻的話，《星雲組曲》和「城」三部曲是比較最主要的。

Q：老師在寫「城」三部曲的時候有沒有遇到什麼困難？

其實困難就是我造的那些字。因為我的研究範圍是視覺語言，也就是怎樣用視覺的方式來表達語意。當然這也很廣泛。中文本身就有視覺語言的強烈意味，還有現在電腦上那些圖案都是視覺語言，這些都是我研究的興趣。而在「城」三部曲裡面，我就為呼回人設計了一些呼回的文字，這些文字對於讀者來講的話會構成閱讀的障礙，所以很多讀者跟我反應他們看呼回文很吃力，旁邊還有註釋等等。可是後來很多年有一次我跑去看一個展覽，展覽的主題就是烏托邦世界。從湯瑪斯・摩爾的經典作品《烏托邦》開始，它把當初湯瑪斯・摩爾寫這本書的原著，和他前面幾個版本都展覽出來。在湯瑪斯・摩爾原著早期版本的封面上，他也為烏托邦設計烏托邦文字。很有趣的是說發現我那個呼回文字跟他的烏托邦文非常像，可是這並不是我有意識地去模仿它，因為當

初我並沒有看到烏托邦文，而現在看到湯瑪斯·摩爾的烏托邦文字有好幾個字的字母和我一樣，所以覺得很有趣。

Q：那也可以說老師是將本身所學的專業應用在小說內容上嗎？

對於這個呼回文設計的部分是這樣的，跟我研究的興趣有相當的關係。

Q：還有在「城」三部曲裡，一些像獨悟哲學的觀念，這些的靈感是從哪裡來的呢？

這其實是我們東方哲學的一個精華。我們東方哲學尤其是中國哲學一個基本上的想法就是「矛盾的統一」。尤其是中文，中文有很多詞都是兩個對立的字結合在一起，我們說「東西」、「矛盾」、「死生」都是這樣的。可是兩個字合在一起的話，我們對它的解釋多半取它第一個字的意思，譬如說「死生」和「生死」意思就不一樣。「生死」的意思多半是「生」，「死生」的意思多半是「死」，因此多半會用第一個字來涵蓋整個矛盾的概念。很多西方人不了解，在翻譯中國的文章時，就會遇到這樣的問題，是他們不太了解中國這個矛盾統一的概念。再舉幾個例子，前一陣子我在寫文章時突然發現「生前」和「死前」意思是一樣，「生後」和「死後」意思也是一樣的，還有我們說打球時中華隊「大敗」美國隊和中華隊「大勝」美國隊意思也一樣。對於這個問題我有一個科學理論解釋這個現象，就是說事實上我們

有一個「互換率」，我剛講「生前」的「生」可以用「死」來換，就跟「生死」這個詞是一樣的。「生死」這個詞裡面的話雖然說是矛盾的概念，但是統一起來用的是哪一個概念為主？是第一個概念「生」，所以「生前」和「死前」意思是一樣的，因為「生死」把它統一起來是「生」，用的是「生」這個概念，「生後」和「死後」用的是「死」的概念，可是這個應該反過來是「死生」，就像我們詩詞裡的「美人幛下猶歌舞，戰士君前伴死生」，「死生」的概念統一起來是「死」的意思。那「大勝」、「大敗」統一起來的概念是「勝」。「生死矛盾」一句話在讀的時候是空間上的分開；一個什麼東西「大勝」、什麼東西「大敗」兩句話是在時間上把它換掉。所以中國文字是很有趣的，在時間和空間裡面都表現了矛盾統一的概念。

Q：那老師對中國的哲學有一番研究囉？

這個哲學其實是襯托在我們整個語言、我們的思考或文字上，所以《易經》那些概念不是憑空掉下來，它從文字裡表現出來，或者反過來說《易經》的概念影響了我們的文字，而文字影響到我們對人生宇宙的理解。那呼回人的獨悟哲學跟這個有點像，但並不完全一樣，可是呼回的獨悟哲學也是根據這兩個字形一個「獨」一個「悟」而產生的。

Q：在「城」三部曲後記裡，老師曾提到非常欣賞歷史人物石達開，甚至喜歡像《水滸傳》、《七俠五義》等故事，那這些故事對於老師的科幻創作是不是有幫助呢？

這個就牽涉到怎樣使科幻的創作本土化和生根了？方法可以是跟傳統的文學形式結合在一起，包括武俠小說，包括了傳統《七俠五義》式的歷史小說。我們傳統的除了正史之外，其實所謂的二十五史也有一套二十五野史，每一朝都有每一朝的野史，這些現在年輕人看到比較少，那我小時候很喜歡看，其實每一代都有它的歷史故事。

Q：那老師認為要提倡中國式的科幻小說必須從像歷史小說這樣中國的傳統來尋找嗎？

我過去是這樣想，所以寫「城」三部曲也是這樣的嘗試。但是現在不一定，可以嘗試把武俠小說、歷史小說引進科幻裡，而這也會有些收穫，可是不一定要這樣做。說「不一定」是因為整個中國人的概念、時勢也在變。就是說以前我有一個想像的中國人的模式在那邊，他應該會喜歡怎樣的東西，所以我們往那樣的方向去寫。可是現在我慢慢覺悟到所謂的中國人、中國文化本身是個一直變化的概念。其實這個想法不是只有我一個人有，從最近的考古學方面的研究也可以得到例證。我們過去對中國文化的概念是相當一元化，堯舜禹湯文武周公這樣講下來，好像一條線，單線式的發展，而文化也是。可

是晚見的考古學、人類學的一些發掘發現並不是這樣的。從夏商周起，中國並不是只有單一的黃河文化，一直不是這樣。事實上是開始就有很多個互相競爭，平行發展的，所以中國文化的發展壯大，它得益菲淺的就是這些文化中間的彼此競爭和同化，最後合在一起。我個人認為現在也是如此，不管大陸文化、臺灣文化，甚至香港文化，彼此之間都有一些刺激，這樣一個發展的情況事實上對整個文化來講是健康的，而不是說一定要有一個大一統。因為我們中國一直都有一個大一統的概念，好像就是要把它統在一起或怎樣的，可是從歷史上證明是一種眾星燦爛、多元文化的局面。假如有這樣認知後，再回到剛才的主題「是不是科幻小說只有一種寫法」？一定要把歷史小說、武俠小說等中國的傳統融合進來呢？也許可以算是一類吧！可是並不見的是唯一的一類。就是說有其他方式來寫科幻小說，也許也可以蓬勃發展，或者說不同的地方接受科幻小說的程度就不一樣。譬如說香港人就比臺灣人、大陸人更容易接受科幻，理由不大清楚，（像你論文可以討論這些問題）可是至少我們知道從以前科幻雜誌，還有我的科幻小說銷售量（因為出版社隔幾個月會給我統計表），往往會發現在國內也就是臺灣賣的數目還不及海外，所謂的海外是什麼意思呢？就是香港，往往香港一個地方賣的數目比臺灣多，比如《星雲組曲》很多年來都是如此。這個現象很奇怪，為什麼呢？為什麼臺灣這邊人口比較多，兩千萬人只能賣這幾本，而香港這麼小的地方會賣那麼多

本。或者說香港文化可能已經變成中國文化的次文化，它有它的特徵，比較能吸收科幻小說，或者說臺灣文化中有某些特徵阻止它吸收科幻小說或某一類型的翻譯小說。所以我以前比較認為有一個均質的看法，現在我認為不一定。不一定要寫某一類型的科幻小說，讓所有的中國人都會喜歡看。這我們不知道。

Q：老師的意思是多方嘗試，可以多方包容不同的寫法？

不一定是我一個人去多方嘗試，我可能興趣的是寫某一類型的科幻小說，可是別人可以去嘗試不同的寫法呀。香港人、臺灣人、大陸人喜歡的可能不一樣。

Q：照這樣看起來，老師對於科幻的定義應該就是比較廣泛的，可以包容不同的寫法囉？

寫法一直不是問題，對科幻本身定義來說不是問題。寫法只是技巧，我們講科幻的定義，仔細嚴格講起來，是把它定義為科學幻想小說呢？還是科幻？把名稱簡短是有用意的。我當初定科幻這個名稱事實上是有別於所謂的科學幻想小說。科學幻想小說應該是根據科學而產生幻想的小說，所以嚴格定義起來，尤其它把「科」放在「幻」的前頭的話，那就是說正統的科學幻想小說，比如說葉李華主張的就比我正統的多，為什麼呢？因為他有很強烈的科學意味，就是說小說裡科學的「比重」要大，盡可能不違背科學的基本原理，這是科學幻想小說。

那我提出這個「科幻小說」作為一個類型，就是認知到所謂科學幻想小說既然成為一個新的文類的話，它已經突破了單純的科學，也突破了單純的幻想，所以它是一個新的文類，「科幻」兩個字本來就分不開，就是「科幻」，為什麼呢？因為已經不只是科學，不只是幻想，也就是兩者合而為一，不以科學或幻想為主。舉一個不太好的比喻，就是驢跟馬生出騾，若要問騾是驢？或騾是馬呢？答案都不是，因此科幻小說是科學的呢？還是幻想的呢？都是也都不是，所以應該承認它是一個新的文類，而不是去一再追問它是不是合乎科學或者通通是幻想的，因為它已經成一個新的文類。就像剛所講把什麼東西合成一個新的名詞像「矛盾」這些特質一樣，科幻本身得出一個新的概念。這個新的概念不能再分了，就是這個概念。

Q：從《夜曲》後，老師的科幻創作比以前來的輕鬆，這是不是代表老師對於科幻的創作觀念有所改變呢？

沒錯。那時就想換一種方式來寫，每一段時間就想一種新的嘗試，看看用比較輕鬆的方式會不會適合一般的讀者。

Q：那讀者是當時老師科幻創作的重要考量因素囉？

對。這是一種新嘗試。因為我一直在納悶的是臺灣的讀者到底不能接受科幻的原因是什麼？就像我剛所討論的是太科學呢？還是太幻想呢？還是如何？因為那一陣子

跟張大春、葉李華等一些人討論是不是我們的作品太文
學性，太嚴肅了？所以一般讀者看不懂，因此我想就自
己先試寫輕鬆的作品，看看讀者的反應如何。

Q：老師這樣的嘗試後來覺得成效如何呢？

這個很難講，的確有些讀者很喜歡比較輕鬆的作品，可
是就會發現另一個有趣的現象，就像剛所講中國幽默感
的問題，因為我們的幽默感和英國或西方的幽默感不一
樣。我自己比較喜歡的幽默感，可以說是比較英國式還
有比較「冷」的幽默感。這種幽默感若以漫畫來形容的
話，就是假如他自己很胖，就會有一種胖的很無奈的反
應，可是這是他本身跳出來看這個地方，這跟剛才我講
的陌生感有絕對的關係，這種形式的幽默的話，就是要
作者和讀者跳出一個情境之外，然後看這情境裡面。那
就會發現臺灣的讀者就比較缺乏類似的幽默感，因為臺
灣的幽默感多半是直接的幽默感，比如倒一盆水到你身
上，大家會笑，就是建立在最直接的動作，比如虐待別
人為什麼會笑，因為別人很慘，所以很高興會笑，就是
很直接，所以那種間接的、跳出來的幽默感，當然有人
會欣賞，可是也有人不欣賞。

Q：1994 年老師曾經在聯合報「繽紛版」推出互動科幻小說，那是不是也是因為這種想法？

　　對。最近又在聯合報的「文學咖啡屋」做了一次，當了一個月的駐站作家。這次倒有新的收穫。這也是鼓勵這種互動的作品，之前的互動小說也是另一種嘗試，想說可不可以透過鼓勵作者和讀者的互動，或者多人的互動之間，因為互動的話會產生一種腦力激盪的效果，有些作品是在腦力激盪下產生的，看看這種方式的話會不會讓科幻走出不同的方向。在繽紛版時的嘗試效果不錯，所以後來很多報紙也都模仿了。記得每一篇登的時候都有上百篇的讀者來，而且有很多年輕的讀者，最年輕的有八、九歲的小孩子也會寫過來。因此這種作者寫一個開頭，讓讀者續寫的作法可以嘗試，所以後來很多報紙都模仿這樣的形式。那最近這個嘗試作法又稍微不一樣，希望看能不能鼓勵我所謂的「感應小說」。「感」和「應」是不一樣的，「感」：一種感覺，「應」：回應；「感」是進來，「應」是推出去。因為以往我寫小說，前面我寫然後讀者去接，他可以收尾，比如我前面寫三千字的故事，讓讀者寫五百或八百字無限制結局的結尾，所以他的思路是受我的思路限制，他當然可以有創意，可是他的創意就像孫悟空在如來佛的手掌一樣，跳不出如來佛的掌心。可是感應小說的話，是給讀者出一個點子，比如這邊有一個作品，你不一定要接，你可以平行寫另外一個故事，或者你畫畫，或者你做創意設

計。像當初有一個朋友在實踐大學就拿我的科幻小說給
他們班上同學看，看完之後讓同學根據這個做創意設
計，甚至做產品設計，這樣做倒出現蠻有趣的一些東西
出來。那這次聯合報那些的感應作品也有幾篇不錯的。
而實踐大學那邊倒蠻豐富的，他們根據我的「天長地久
計」設計出甚至畫出這個產品。其中有一個同學很有意
思，他就想像國家與國家中間有時差，不過時差不是坐
飛機的時差，而是時間速度的差。一個國家時間速度比
較快，另外一個比較慢，這就很有意思、很有創意的想
法。當然這也是一種象徵性的，一個國家人民都很忙時
間很短，另一個人民則是很懶散時間比較慢，他們中間
介面的地方會產生什麼效應，這個東西很好玩。反正就
是說試過很多方式，或者是用武俠小說融入科幻，或者
用比較輕鬆幽默方式寫科幻，或者用互動的方式，或者
用感應的方式，所以這幾年一連串做了蠻多不同方式的
試驗。

Q：現在網路非常發達，是不是對於科幻小說的推動有很大的
幫助？

所謂的網路它只是一種傳播的工具，它對科幻小說或者
傳統小說也好，它的作用都是一樣，它當然可以讓讀者
和作者更容易用這種互動的方式來交談，比如說你寫了
一個作品，把它放在網路上，很多人都可以去拿來看，
從這方面來說的話，就可以增加它的互動性。剛所講的，

我們也曾做過這樣的實驗，這個的確會引起蠻多人的興趣，可是你不能說它只對科幻小說有幫助，它對每一個文學的領域，不管詩歌、小說都有衝擊。對科幻小說的幫助，比如說科幻獎，它可以將消息很快地傳播出去，投稿的話，以前是用郵寄，現在則可以透過網路傳送，當然是比較方便，這方面跟其他文類沒有多大的分別，所以我認為這不是決定性的因素，只能算是輔助性的工具，不會因為 internet 而成功，也不會 internet 而失敗。

Q：雖然科幻在臺灣發展已經有三十幾年了，但還是有人在看過西方科幻之後回過頭來閱讀臺灣的科幻小說，認為臺灣的科幻小說並不如西方那麼好，因此對於臺灣科幻的未來抱持著一種悲觀的態度，那以老師作為一位科幻提倡者和愛好者的角度來看，對於這樣的想法是否認同呢？

就如剛所講的金字塔結構——從下里巴人到陽春白雪，十幾年前推動的時候，的確出現很多很好的作品，沒辦法繼續下去就是因為沒有下層結構，因為作家要靠讀者才能繼續寫下去，沒辦法寫只好換別的方式去寫。假如當初像張大春、平路……等等其它作家的科幻小說能夠有很大迴響的話，他也許會一直寫科幻小說，而不會回去寫別的小說。那為什麼會離開科幻小說而回去寫其他小說？就是因為整個環境不容許科幻小說的存在，沒有那麼多讀者的掌聲鼓勵他繼續寫下去。所以若以美國和臺灣的科幻小說來比的話，美國好是因為它有明顯的金字塔結構存在，而臺灣是沒有。當然美國爛的科幻小說

也是很多，但是偶而會出現一些很好的，就像打棒球，打了很多壞球，可能也會打出好球，可是假如只能打三個球，那怎麼能保證打出好球呢？假如在臺灣有幾十萬科幻迷的話，那情況可能就不一樣了。所以回到剛那個網路的問題，假如網路上出現一個科幻小說寫得很好的作家，透過網路傳播，說不定就會使很多人對科幻有興趣。在以往推動過程中嘗試很多方式，其中發現很有趣的現象，就是中國文化本身有些特質的問題，包括我們民族比較「非理想性」，即我們追求理想的興趣比較少。科幻小說是一種追求理想的文類，可是中國人很現實，不大追求理想。完全只是追求理想的作品，中國人會認為這對我沒有用。這也是比較奇怪的現象。就是對於作品做有用或沒用的價值判斷，這在西方來說，他迷這個東西就是迷，沒有價值的問題，所以為什麼會有價值認定的問題，這蠻奇怪的。還有剛所講幽默感的問題也是。很多在西方科幻小說的特質，換在中國的土壤的話，會發現中國讀者對它是冷淡的，但這樣講也不能說是悲觀，中國讀者有他的特質，而且我已經確知什麼東西會使大家都有興趣，假如要找出什麼模式可以使整個讀者著迷的話，它一定要是個膚淺的愛情故事，像連續劇一樣，當然這講的是最低層下里巴人的層次，在這種層次打動人心，就像現在所謂的網路小說一樣。這以文學標準來看都沒辦法談的，可是它就會打動很多年輕人，因為現在年輕人大多不看書的，所以他也分不出好壞來，他看到那些可以打動他的心，就接受了。所以對我來說

並不是太悲觀，假如我們的推動可以產生一些科幻作家，寫些年輕人比較喜歡的通俗科幻作品，說不定會有一兩篇很多人愛看，當然假如以文學的標準來判斷的話，它不一定是最好的作品，不過它便可能使很多人變成科幻迷，這是有可能的。

Q：老師曾於八〇年代初期創辦知識系統公司，林耀德曾說過知識系統在八〇年代正代表了科幻勢力的集合地，甚至影響了往後臺灣科幻的發展，那請問老師您為何當初會想要成立這家出版社呢？

　　當初成立的目的只有一個就是出版科幻小說。

Q：當初參加知識系統的人有哪些人呢？

　　在《幻象》雜誌第一期的名單上都可以找的到，差不多當時寫科幻的朋友都在那裡面。

Q：當初出版科幻小說的還有像風雲時代、皇冠、時報……等等，老師的知識系統如何與他們做區隔呢？

　　知識系統出版公司第一志業是以出版《幻象》為主，然後那時本來想出一系列的年度科幻小說選，每一年把臺灣科幻作家或重要作家的科幻作品選出來，像國外有很多的年度選都會產生一定影響。當初想每年選好的作品，除了鼓勵也是希望給更多想寫科幻小說的年輕人看，這是它主要的目的。可是我們沒有出過大量的翻譯

作品，所以跟其他出版社不一樣，而且也沒有計畫出版
大量的翻譯作品。就是專注在臺灣的創作上，而非翻譯
上的作品。

Q：剛老師有提到過年度科幻小說選，可是在編完七十六年科幻
小說後就沒有再繼續編下去，是什麼原因不再編下去呢？

主要是編不下去了，主要是經費問題和數量問題，就是
說有沒有這麼多篇可以讓我去選，因為那是跟當時推動
科幻獎有關係，有科幻獎就會有好的科幻作品出來，不
見得是得獎作品，像佳作作品就會把它選入年度選裡，
後來科幻獎辦不下去了，年度科幻小說選也就不容易辦
下去，假如每年有幾百篇作品，那就很好選了。

Q：就是說後來沒有了讓科幻作家發表作品的園地，所以沒辦法
從中挑選好的科幻作品出來？

沒錯。本來辦《幻象》也就是要提供發表園地。

Q：在 1984 年起，中國時報曾舉辦科幻小說獎徵文，為何第二屆
後便以老師的名義設立科幻小說獎呢？

因為中國時報不願意再繼續辦下去，所以就以我的名義
去募捐。辦到後來，就如剛我講的缺乏園地，假如有一
兩份報紙或雜誌一直在大量刊登科幻作品的話，那就容
易辦下去。可是因為沒有這個園地，即使能培養出很好
的作家，像年輕作家不是不喜歡寫，好幾個當初甚至相

當著迷的，為什麼沒有繼續下去，客觀上來講，就是沒有足夠的掌聲吸引他繼續寫，林耀德就是很好的例子，他寫科幻詩、科幻小說，當時都是相當有趣的嘗試。

Q：老師曾在一邊論文中說道《幻象》的創辦是臺灣科幻界的「盛事」，但卻不是「盛世」，那當初為何《幻象》會辦不下去呢？

因為沒有讀者。稿源是沒有問題的，假如我們有讀者的話，我們確定找到足夠的稿子是沒問題的。因為在經費上一直沒辦法打平。

Q：那《幻象》的發行網呢？

當初我們是交給《聯合報》，他們有自己的發行網，當初我是透過個人的關係，因為《幻象》是沒有力量自己去做發行，一般雜誌都是委託所謂中盤去推，而我們是委託聯合報去推，主要是在台北的書局。可是臺灣的書局普遍擺的空間有限，所以能上架的書基本上要是能暢銷的，當初是擺不上去，那擺不上去的話人家就看不到，這就形成惡性循環，他根本不會去買。尤其因為只有幾千本，放出去之後沒有很快的回收，到後來發現發出去的幾千本到時幾乎原數退回來。當初發出去覺得很高興，但並不表示賣出去了，隔幾個月又通通回來，所以是有死忠讀者會來問來買，但畢竟這是少數。因此《幻象》會死掉的最主要原因，並不是沒有作者，不是沒有高水準的作品，這些對編輯部來講的話不是問題。而且

我跟所有的科幻作家都是很好朋友，大家可以每期輪流編。也跟文壇不同的是，因為科幻界人少，所以彼此沒有勾心鬥角的事發生。有一次有一個朋友來參加我們的聚餐開會很驚訝我們一團和氣，沒有文壇上的勾心鬥角。其實最大的問題是沒有讀者。而經費跟讀者是相關的，剛開始我出點錢沒問題，但幾期後應該滾的是書賣掉夠出下期的錢才是，錢不夠我補齊沒問題，可是不能說每期發出去後原數退回來。而且退回來有一個很大的問題，就是連放都沒地方放，一個空間很快就會堆滿，擺書的空間有限，到最後連放書的地方都沒有，更不要說這對編輯部打擊也很大。書出去沒人買，叫好不叫座。所以它整個死掉的唯一原因是沒有讀者。

Q：記得老師曾說過國外有相當興盛的科幻俱樂部組織或者是科幻協會，反觀臺灣，卻沒有一個比較有組織的團體，老師您認為是什麼原因呢？

剛你問我 internet 有沒有好處，在這方面是有的。像葉李華要在交大成立「科幻中心」，而且之前也曾辦了一個「科科網」網站，不過後來因為寄屬的網站倒掉了，所以後來移到了交大。這一波葉李華的嘗試，我盡力去支持，最主要的是想突破之前所講的難關，這個問題我想了很久，就是要有一個基本的科幻人口。所以假如能夠在校園，不一定是所有的校園，而是比較偏向科學教育的學校（像交大）能夠生根的話，就比較可能推廣。剛

我們不是講香港嗎？我仔細想為什麼香港科幻賣得好？可能的一個原因，就是它基本是一個城市文化，它本來就是一個未來想像的社會。香港學校多半是科技訓練的學校，在這種情況下，年輕人比較能接受科幻小說，而臺灣傳統文化的力量其實是很強的，像剛講的缺乏理想性、幽默感、功利性……這些是很強烈的，因為每次回來我都感覺到在臺灣的中國人不是很幽默，最近是有比較好，像諷刺漫畫、政治漫畫……比較能接受。可是基本上還不是很有幽默感，也不是能欣賞很多外來的東西，尤其現在非常強調本土化，若偏離本土化就不能存在，這可能就會影響到普遍性和科幻接受的問題。

Q：那老師有沒有想要在科幻作家裡成立的科幻作家協會組織呢？

我們有呀。以前的《幻象》就等於就是一個協會，協會不一定非得有一個正式的名稱，它等於就是一個非正式的組織，《幻象》就是當時大家一起弄出來的。

Q：當對一般民眾說到臺灣科幻時，通常人們的第一反應是倪匡科幻小說，那麼想請問老師認為這種現象對於臺灣的科幻小說發展是好還是不好？

應該是好的，假如能刺激更多人喜歡科幻的話，都是好的。剛我一直強調金字塔的結構，有更多人喜歡倪匡科幻作品的話，也可能就會有些人會喜歡其他形式的科幻小說。

Q：對於近來新生代作家如洪凌、紀大偉在他們的科幻創作裡頭
　　有許多情慾的描寫，老師您認為這在科幻裡頭是不是一種趨
　　勢呢？

　　　　其實各種方式都可以去嘗試。事實上不管同人科幻小說
　　還是情慾科幻小說都可以算是一種亞類，也可反過來
　　說，那個可以算是同人小說、情慾小說的亞類，而不是
　　科幻小說，這就是看從它哪裡來的，它可能是同人小說
　　的科幻形式，或者情慾小說的科幻形式，就看你從什麼
　　角度來看。假如你是研究同人小說的話，那就會把紀大
　　偉作品放入同人小說，假如你是研究科幻小說的話，那
　　就會把紀大偉作品放入科幻小說的同人題材。其實有關
　　性別問題是很有趣的題目，科幻小說也有一定的呈現。

Q：老師對於臺灣的科幻作家有沒有特別印象深刻的？

　　　　在眼前像張草就很好，他的長篇短篇都有在寫，他很有
　　潛力。另外，洪凌、紀大偉也都很有潛力。尤其洪凌的
　　作品很特殊，之前我還幫她寫序。她的作品也是另外一
　　種嘗試，不只是情慾，還有把日本動畫的方式引到科幻
　　小說裡來，是蠻有趣的。不過我剛講所有東西都受到一
　　個限制，比如說本身喜歡科幻的人就很少，那喜歡科幻
　　小說裡的某一類的人就更少，假如他本身關切就是性別
　　問題、情慾問題，就會注意到洪凌的作品。不過這都是
　　一種新的嘗試。對於以前的老作家當然就很多了。最近
　　的科幻獎有三百多篇投稿，那可能就會至少有三百個會
　　喜歡科幻小說，這也是蠻好的開始。

附錄六
黃海訪談記錄整理（2002/1/20）

Q：老師曾說當初之所以會涉入科幻小說這個領域是因為受到張
曉風女士〈潘渡娜〉的影響，這個影響老師認為最主要是在
哪些方面呢（如寫作方法、文學觀……）？

　　或許可以說是激起了我心中寫科幻小說的欲望，因為我
覺得應該可以寫的更好，也就是說可以有更多的科學背
景知識在裡面。至少科幻小說可以寫得更有科學知識、
理論在裡面，跟一般的小說不一樣。當然〈潘渡娜〉也
算是科幻小說，是講一種生物科技的科幻小說，不過那
篇科幻小說算是比較簡單、沒有很多的科學背景，而且
那篇文章太長了，長達二萬多字，當時能夠在中國時報
連載實在不容易。其實以一九六〇的年代來看二十一世
紀是很夢幻的，我記得當時電視上有一個黑白影集「二
十一世紀」，就是講未來的人們如何地生活。之前我在
《科學月刊》寫了一篇文章，就是用我們現在二十一世
紀的眼光回顧過去的人如何對二十一世紀的看法，作了
一個比較。另外，那時候張系國也發表了〈超人列傳〉，
但是因為是在專業的文學雜誌上，所以比較少人注意，

而且當時並沒有一個科幻小說的名詞存在，直到顏元叔在《大學雜誌》中談到張曉風的〈潘渡娜〉和張系國的〈超人列傳〉中才稱「科學小說」，也才比較多人注意。還有，我小時候就很喜歡接收科學方面的知識，當時《拾穗》雜誌也常常報導科學的資訊。所以，當我有寫小說的能力時，就希望能將它們結合在一起。

Q：還有哪些外在因素（如：當時的社會環境）促使老師從事科幻小說的創作呢？

除了我自己的科學興趣外，當時還有像電影「浩劫餘生」以及 1968 年在台北「豪華戲院」上演的「2001 年太空漫遊」，也讓我印象深刻。

Q：老師當初在創作《一〇一〇一年》時曾擔心會被批評不是「純文學」的作品，那當時的文藝風氣是如何呢？

那時的文藝環境是非常保守的，是戒嚴時代嘛。小說中稍微寫了很奇怪的東西，就會擔心會被約談或坐牢怎樣的。我在二十歲出頭寫作時，聽說當時季季寫了一篇小說中說「在中正橋上看落日」這樣就不行了，編者就告訴她這不能寫要修改掉，任何有影射到對國家或領袖或當時政局的東西，甚至國慶文告一個標點或錯別字都會有問題，都非常敏感，所以從事小說的作家都非常小心翼翼。

Q：當時文壇上對於《一○一○一年》的反應如何？

　　因為學文學的人不了解看不懂，所以也就沒有什麼討論。那時的文壇大部分還是以「純文學」為主流，不過那時有得到蔣經國頒發的獎項。那本書其實是一篇一篇在報紙和雜誌上發表的，類似電視影集一樣，所以不太會有注意，除了黃瑞田有寫了一篇討論的文章外。一般學文學的人看到科幻會排斥，記得有一篇兒童文學獎評審記錄裡，有一位評審說第一眼看到我的小說是科幻時，就把它放在最後面來讀，後來發現裡面原來還有很多好東西，最後就讓我得獎了。

Q：老師大學時所修習的是歷史系，那老師認為當初所學的對從事科幻小說創作是否有幫助呢？或者個人的成長背景對創作有無關連？

　　或許是擴大自己知識領域吧。科幻小說其實還是要有人文精神及人文素養去襯托，光是在科學面強調，我認為並不是非常妥當。至於成長背景上，張系國曾在一篇文章分析科幻迷往往因為在現實不能滿足，所以想在超現實裡達到他的目的，或許是有這樣的動因在裡面，而我的成長是比較辛苦，或許也有關係吧。

Q：老師本身的信仰是屬於基督教，那宗教的信仰對老師的創作有無影響？

　　我有信基督教，不過並不是很入迷。其實我對於宗教並沒有特別的愛惡，只是讓我很感動的是，在年輕的時候

曾經看過一篇文章，它談到說在 1945 年 7 月美國在新墨西哥試驗人類第一顆原子彈的時候，那些科學家都抱著虔敬的心態在禱告，因為好像公佈了上帝保留千萬年的原子秘密，就是那種敬畏的心讓人很感動。就像中國人說的「敬畏天命」一樣，我想是一樣的道理。不一定說有一個固定的神會干擾你的生活，這是還有待斟酌的。所以當我在看一些神的理論時，我比較傾向於愛因斯坦所說的，而愛因斯坦也比較傾向史賓諾沙的觀念，就是說宇宙本身就是神，萬物本身就是神的思想。

Q：老師曾說過：「科幻小說要具備有永恆的文學價值，應該是『科學異想』成分越低，『人文幻想』成分越高。」現在還是如此認為嗎？

科幻小說假如太著重科技方面，當時代越來越進步時容易被淘汰。所以假如把科技慢慢地減少像童話一樣，就沒有時間的問題，後來我慢慢地有這個領悟，所以就往童話方面去發展。就像《愛麗思夢遊記》，完全沒有科學的成分，是幻想的小說，所以它才能永久的流傳下去，不會受到時間的淘汰，假如裡面有加諸一些什麼科技的因素，因為科技的本身會不斷地進步，當進步到某一程度的時候，這個小說就會變得缺憾越來越多了，要存在下去的話，就有點困難了。所以幻想成分加重，它存在的時間可能就越久。

Q：老師曾提到當初在寫作「文明三部曲」(《天堂鳥》、《最後的樂園》、《鼠城記》）時，是堅持了嚴肅的理念來創作，探討人類未來的問題，那當初為何會有這樣的創作構想？

當初就想說假如人到達永生的地步時候會怎樣，以及一些人口、環保的問題分別在三部小說中呈現。其實現在想起來，這三本書也沒有寫好，因為太重視故事性了。著重故事性有優點也有缺點，優點是可以吸引讀者來閱讀，缺點會變成深度不夠。

Q：老師曾說當初因為科幻文學不受正統文學的肯定而轉入兒童科幻的經營，在今日科幻文學也漸受文壇注意，那老師會不會再轉而創作成人科幻呢？

我有想再寫一本科幻小說，讓人家看看科幻小說新的模式，而且希望能夠兼顧到人文與科學，就像克拉克寫的《三○○一》一樣，中國人應該有這樣的野心，產生一部作品可以拿出去跟別人比。所謂創新的模式是像我當年寫過一本小說《銀河迷航記》，當時確實是創新的概念。其中有兩個創新的概念，一個是人可以複製，另一個是人不但可以複製，而且也可以把思想轉錄進去。那篇小說在當時文壇的影響力就很大，那時是登載在《中央副刊》上，能夠擠進《中央副刊》的文章很少。民國六十五年的時候，《中央副刊》還算是臺灣文壇聚焦的地方，影響力還蠻大的，之後還將我那篇小說收錄進《中副選集》裡面。

207

Q：在老師這些科幻創作裡，老師有沒有最喜歡哪一本呢？為什麼呢？

少年科幻的部份，可算是《地球逃亡》以及《大鼻國歷險記》，至於成人科幻的部份，應該是《最後的樂園》吧。因為那篇小說結構比較分明、敘述場景還不錯，而那本小說則是根據美國一個預言家的預言所寫的。

Q：老師有沒有特別喜愛的國外科幻作家或作品？

艾西莫夫的作品不錯，可能他走的路子跟我比較一樣，就是較強調故事性。還有像卡爾沙根寫的一些通俗科學的東西，其中有很多人文素養包含在裡面，那些作品都很不錯。

Q：老師的筆名為何要取作「黃海」呢？有什麼特殊涵意呢？

因為當初我生病在醫院時，有一位教小說寫作的老師羅盤，對我小說創作影響很大，那當時想說他筆名叫「羅盤」，那我就取「黃海」這樣子。

Q：在 1979 年（民 68 年），老師曾在照明出版社策劃一系列科幻書籍的出版，想請問老師的是當初為何會有這一波科幻出版的趨勢，而在這波科幻出版的趨勢中，老師認為成效如何呢？

因為 70 年代末時「星際大戰」和「第三類接觸」造成全世界的轟動，那時我本來在另外一個地方工作，因為我

寫的是科幻小說，所以照明出版社的老闆就希望我過去
兼職，當時他也認為科幻小說這條路可以推動，而且市
面上可以看到一些少年的科幻圖畫書，像太空船、星際
戰爭之類的，這些小孩子都很喜歡，所以他們決定走科
幻的出版工作。但是在從事科幻出版的工作後，我們發
現文字和影像的東西還是有所差別。當時還有國家出版
社也有在作，主要是翻譯為主。臺灣那時候的科幻創作
則是少之又少。至於成效如何？因為這牽扯到資金的問
題，所以它沒有繼續下一波的出版，而且，在出版方面，
我認為情況並不是很好，反而像一些帶有科學教育的兒
童讀物有它的市場，像《晚安科學童話365》銷售的還不
錯，所以那時我就覺得兒童的市場反而有它的需要。在
成人市場方面，成人會看電影但是不會去看書。甚至1980
年代初很轟動的「異形」電影，我們也配合電影翻譯了
這一本書，但是電影一下片也沒有吸引力了，所以也只
銷售一版而已。

Q：老師曾在1980年(民69年)創辦過一份雜誌「飛碟與科幻」，
　　當初為何想要辦這份雜誌呢？這份雜誌的性質是如何呢？後
　　來為何沒再繼續辦下去了呢？

當時書訊蠻流行的，每個出版社多少都有他們的書訊，
類似廣告一樣。因為辦書訊可以用新聞紙的郵費，與一
般平信的費用差很多，所以出版社可以從郵費省下很多
錢，那當時就想說把它（飛碟與科幻）辦得像書訊一樣，

因此第一期的形式就好像報紙一樣。後來就想說不如辦
個像有冊的東西，這樣就可以販賣了，不過這些東西受
限於資料與資金，所以在辦了四期後就沒有再繼續推動
下去了。

附錄七

歷年臺灣科幻課程一覽表

序號	課程名稱	授課老師	學校	系所	學分（上／下）	時間
1.	科幻小說與電影	蔣淑貞	交通大學	通識中心	3/0	1997/9-1998/1
2.	科幻天地	葉李華	世新大學	通識教育中心（自然科學類）	2/2	1999/9-2002/6（共六班）
3.	科幻天地	葉李華	台灣藝術學院	共同科	2	1999/9-2000/1（共一班）
4.	科幻文學	康來新張系國	中央大學	中文系	0/2	2000/2-2000/6
5.	科幻小說	杜尚	中央大學	英文系	3/0	2000/9-2001/1
6.	科幻天地	葉李華	交通大學	理學院	3/0	2000/9-2002/1（共兩班）
7.	科幻作品選讀	葉李華	交通大學	理學院	0/3	2001/2-2002/6（共兩班）
8.	科幻小說與電影	呂應鐘	南華大學	通識教學中心	3/0	2001/9-2002/1
9.	科幻文學與電影	呂應鐘	南華大學	通識教學中心	0/2	2002/2-2002/6
10.	科幻概論	葉李華	清華大學	通識教育中心	0/2	2002/2-2002/6
11.	科幻文學與電影	劉人鵬	清華大學	中文系	0/3	2002/2-2002/6
12.	女性科幻小說	張惠娟	台灣大學	婦女性別學程（碩士班）	0/3	2002/2-2002/6
13.	女性科幻小說	張惠娟	台灣大學	外文所	0/3	2002/2-2002/6
14.	科幻小說與電影	蔣淑貞	交通大學	語言文化研究所	0/3	2002/2-2002/6

後記

　　本書係依據筆者於 2002 年 6 月完成的碩士論文《臺灣科幻小說的文化考察（1968-2001）》所修改而成。多年後，再回頭閱讀當初所寫的內容不免感到惴惴不安，其中有太多口語化的語句與不夠完善的立論，以及有些議題和現象是僅能意識到卻無力去處理的，這些都是當年在倉促成文之下無可避免的缺失。今日，承蒙秀威出版社願意將此論文出版，因此得以有機會重新審視自己的論文，也藉此做了些修改與補充，雖說仍可能有所不完善，但對於讓讀者一窺臺灣科幻三十餘年的大致發展，應有所幫助。

　　本書論述的時間下限訂為 2001 年，從 2001 年至今已過了多年，科幻研究在臺灣這幾年裡呈現出更加多元與蓬勃的發展，尤其學院對於科幻的教學與研究已漸趨熱絡，如新竹交通大學的「科幻研究中心」除已成為臺灣推廣科幻的重鎮外，其中於 2003 年 10 月所舉辦的「科幻研究學術會議」無疑地加深了科幻的學術化與在地化。另外，從各類探討科幻的會議論文、研究計畫、碩博士論文的增加來看，顯示有越來越多人關注科幻的相關議題，相信這些對於理解科幻在臺灣的發展必然扮演著正面的助力。

　　不過相對於科幻在學術和教學推廣上的成果，臺灣本土的科幻創作似乎仍顯得相當薄弱，其中，除了每年舉辦的「倪匡科幻小說獎」依然繼續承擔著發掘科幻新人和作品的使命外，市場上質量俱佳的科幻創作仍不多見。尤其近來受到歐美奇幻文學盛行的影響，科幻與奇幻之間的界線已漸趨模糊，「科幻奇幻化」似

乎漸漸成為新的趨勢，雖然這樣的趨勢已讓一些科幻愛好者引以為憂，擔心科幻的主體性終將被奇幻所掩蓋，但這種文學題材與形式隨著時代的轉變而轉變，原無可厚非，也無須焦慮。不過特別值得注意的是相對於科幻所要求的科學性，奇幻創作講求的「幻想設定」似乎讓新的創作者更加容易入手，但也更容易流於「設定公式化」的作品大量複製，而忽略了作品思想內容的經營，對此，是觀察日後科幻發展時必須關注的重點之一。

基於科幻文學研究者的立場，追溯科幻在臺的歷史發展，除了讓自己更加瞭解其興衰起落之學術意義外，更令筆者感動的是，從中感受到一個獨特社群在這三十幾年來對於科幻的無比熱情，由於他們的努力，才得以讓科幻在臺灣文學史上呈現出豐富的一頁，為此，本書或可作為其歷史的見證，並向之致意。

最後，在這段學術養成的過程中，許多人曾給予筆者幫助與提攜，首先必須感謝的是指導教授康來新老師，若沒有她的諄諄教誨與耐心引導，學術之路勢必將會更加艱難坎坷。而在就學期間的老師、學長姐們，也給予筆者學術上極多的建議，尤其秦蓁學姐、鴻全學長更是扮演著亦師亦友的角色不斷地督促筆者。也感謝一直給予關心的諸位科幻前輩，他們對於科幻的熱情與經驗，永遠是我請益的最佳對象。另，也須感謝秀威出版社的蔡登山老師願意提供付梓機會，以及詹靚秋小姐容許我一再地拖稿與細心地幫我編輯校對。當然，對於許許多多不論在學術或生命旅程中相遇的朋友的關懷，筆者莫不時時心存感激。最後，感謝一直默默地給予支持的親愛家人，他們永遠是我最重要的精神支柱。

2008.6.19

國家圖書館出版品預行編目

臺灣科幻小說的文化考察（1968-2001）/ 傅吉毅
著. -- 一版.-- 臺北市：秀威資訊科技，
2008.06
　　面；　公分. -- (語言文學類；AG0090)
含參考書目
ISBN 978-986-221-030-7 (平裝)

1.科幻小說　2.文學評論　3..臺灣文學
863.27　　　　　　　　　　　　97010763

語言文學類　AG0090

臺灣科幻小說的文化考察(1968-2001)

作　　者 / 傅吉毅
主　　編 / 蔡登山
發 行 人 / 宋政坤
執行編輯 / 詹靚秋
圖文排版 / 郭雅雯
封面設計 / 莊芯媚
數位轉譯 / 徐真玉　沈裕閔
圖書銷售 / 林怡君
法律顧問 / 毛國樑　律師
出版印製 / 秀威資訊科技股份有限公司
　　　　　　台北市內湖區瑞光路 583 巷 25 號 1 樓
　　　　　　電話：02-2657-9211　　　傳真：02-2657-9106
　　　　　　E-mail：service@showwe.com.tw
經 銷 商 / 紅螞蟻圖書有限公司
　　　　　　台北市內湖區舊宗路二段 121 巷 28、32 號 4 樓
　　　　　　電話：02-2795-3656　　　傳真：02-2795-4100
　　　　　　http://www.e-redant.com

2008 年 6 月 BOD 一版
定價：270 元

・請尊重著作權・

Copyright©2008 by Showwe Information Co.,Ltd.

讀　者　回　函　卡

感謝您購買本書，為提升服務品質，煩請填寫以下問卷，收到您的寶貴意見後，我們會仔細收藏記錄並回贈紀念品，謝謝！

1.您購買的書名：＿＿＿＿＿＿＿＿＿＿＿＿＿＿＿＿＿＿

2.您從何得知本書的消息？

　　□網路書店　　□部落格　　□資料庫搜尋　　□書訊　□電子報　□書店

　　□平面媒體　　□　朋友推薦　　□網站推薦　□其他＿＿＿＿＿＿

3.您對本書的評價：(請填代號　1.非常滿意 2.滿意 3.尚可 4.再改進)

　　封面設計＿＿　版面編排＿＿　內容＿＿　文/譯筆＿＿　價格＿＿

4.讀完書後您覺得：

　　□很有收獲　　□有收獲　　□收獲不多　　□沒收獲

5.您會推薦本書給朋友嗎？

　　□會　□不會，為什麼？＿＿＿＿＿＿＿＿＿＿＿＿＿＿＿＿＿

6.其他寶貴的意見：＿＿＿＿＿＿＿＿＿＿＿＿＿＿＿＿＿＿

＿＿＿＿＿＿＿＿＿＿＿＿＿＿＿＿＿＿＿＿＿＿＿＿＿＿＿

＿＿＿＿＿＿＿＿＿＿＿＿＿＿＿＿＿＿＿＿＿＿＿＿＿＿＿

＿＿＿＿＿＿＿＿＿＿＿＿＿＿＿＿＿＿＿＿＿＿＿＿＿＿＿

讀者基本資料

姓名：＿＿＿＿＿＿＿＿＿＿　年齡：＿＿＿＿　性別：□女 □男

聯絡電話：＿＿＿＿＿＿＿＿＿　E-mail：＿＿＿＿＿＿＿＿＿＿

地址：＿＿＿＿＿＿＿＿＿＿＿＿＿＿＿＿＿＿＿＿＿＿＿＿＿

學歷：□高中(含)以下　　□高中　　□專科學校　　□大學

　　　□研究所(含)以上 □其他＿＿＿＿＿＿＿＿

職業：□製造業 □金融業 □資訊業 □軍警 □傳播業 □自由業

　　　□服務業 □公務員 □教職　□學生 □其他＿＿＿＿＿＿

請貼
郵票

To：114

台北市內湖區瑞光路 583 巷 25 號 1 樓

秀威資訊科技股份有限公司　　　收

寄件人姓名：

寄件人地址：□□□

(請沿線對摺寄回,謝謝!)

秀威與 BOD

BOD（Books On Demand）是數位出版的大趨勢，秀威資訊率先運用 POD 數位印刷設備來生產書籍，並提供作者全程數位出版服務，致使書籍產銷零庫存，知識傳承不絕版，目前已開闢以下書系：

一、BOD 學術著作—專業論述的閱讀延伸
二、BOD 個人著作—分享生命的心路歷程
三、BOD 旅遊著作—個人深度旅遊文學創作
四、BOD 大陸學者—大陸專業學者學術出版
五、POD 獨家經銷—數位產製的代發行書籍

BOD 秀威網路書店：www.showwe.com.tw
政府出版品網路書店：www.govbooks.com.tw

永不絕版的故事・自己寫・永不休止的音符・自己唱